わたしの日記を
送ります。
あなたの日記を
送ってください。

Tinder上で「日記」と名乗り、
夜な夜な毎日、日記を送る。
日記を交換するうちに、
ひとりの男生 [illegible] した。

数 [illegible]

[illegible] での

ティンダー・レモンケーキ・エフェクト

TinderLemonCakeEffect

2022.02

2022.10

二月二日㊌

Tinderでマッチした人から「日記を交換しませんか」と提案されて日記を交換していた時期がある。知らない人の日常、仕事がだるいとかどんな料理をしたとか、趣味や友人からいわれたことなど、そういうだれかに読まれるはずのなかった日々を読みあうのがたのしかった。人と会話を続けるのは疲れるけれど、自分のことを好き勝手に書いてる分には楽だし、相手も好きに書いているのがうれしかった。相手の根明のメンタリティを見てると、自分がいかに根暗でマイナス思考かが思い知らされ、そんなに思い悩まなくてもいいのかもと、勝手に自分で気づいたりもした。その人とはもう日記を交換しなくなってしまったけど、そのことを思い出してTinderで日記を交換する人を探すことにした。

二月三日㊍

古本屋から出ると、シャウエッセンの匂いがした。いやシャウエッセンの匂いってなんだよと思いながら、信号待ちをしていると「お姉さんはまだ早いですか?」と声をかけられる。マンション売りのお兄さんだ。「まだ早いですね」と答える。

「大学生?」「さすがにそこまで若くはない」「結婚はされてますか?」「そんな予定も

ないですね」「っていうかもう疲れちゃったおれ〜」と突然いい出すので思わず笑ってしまった。年齢を聞かれて、こちらも聞き返すと21だと答える彼。若い。

そこから、マンションの営業なのか、ナンパなのか、というかただの暇つぶしなのかよくわからないけど、彼氏の有無や仕事、いま何しているのか矢継ぎ早に尋ねてくる。わたしはこういう訳のわからないことに巻き込まれるのは嫌いじゃないから、もう少し付き合っていたかったけど、映画の時間が迫っていたので切り上げてその場を去る。「ありがとう、たのしかったよ、バイバイ」というと「急に子ども扱いして」といいながら、拗ねるみたいにして手を振っていた。

『フレンチ・ディスパッチ』は最高だった。洒落ている。画面いっぱいまで完璧に構成された画づくり。気の抜けた筋書き。遊びの効いた演出。すべてが完璧にコントロール下にある。あまりに完璧すぎて疲れた。いつまで経ってもウェス・アンダーソンの映画を観てどきどきするんだろうな。帰りにスーパーに寄ったけど、シャウエッセンはやっぱり特売のときに買うことにする。

二月四日㊎

歯列矯正をはじめて半年が経つ。数日前、調整にいったのだけど、複数の口内炎ができた。器具が口内にあたって炎症を起こすのだ。治っては、違うところにできるを繰り返し、もううんざりしている。話は変わって、年末に尖圭コンジローマという性器にイボができる性病にかかった。ベルセナクリームという軟膏で治療している。なかなかこいつが厄介で、刺激が強いクリームだからイボ以外に塗ってはいけないし、朝は洗い流さなければならない。そんなこんなで、最近はお風呂上がりに、口内炎の軟膏を塗って、鏡を覗き込みながら股にクリームを塗るという日々がしばらく続いている。上の口も下の口もトラブってるなんて、なかなか笑えるなと思ったけれど、あまりに下品でTwitterには書けない。

下品ついでに、今日「空気階段の踊り場」を聴きながら仕事をしていた。ギンダチボンバーのコーナー、中高生たちの勃起に関するエピソードで思い出したことがある。高校生ぐらいのとき、「勃起」現象と「挿入」という行為はわかっていたけど、勃起するから挿入できるようになるというのがよくわかっていなかった。意味がわかったとき「なるほど！」と感動した。なんてかわいらしい時期なんだろう。あのころは処女のまま死ぬんだろうなあと思ってた。大丈夫、あんた無事に性病ももろてんで。こないだ「OVER THE SUN」の過去回を聴いていて、わたしいくつまでセックスするんだろうなと思った。

二月五日㊏

六本木のタカ・イシイギャラリーへ、ロニ・ホーンの写真展を観にいく。こないだ箱根のポーラ美術館でのロニ・ホーン展にもいった。ロニ・ホーンは日常のなかの美しさを写真作品にしたと語る。たしかポーラ美術館の展示のなかで、視点を変えれば日常にも美しさは溢れているし、それが人の心を豊かにするだろう、といった趣旨のことが書かれていたと思う(記憶違いかもしれない)。だとしたら美術館やギャラリーにいそいそと通う自分ってなんなんだろうと思った。だけどわたしはだれかの美意識によってつくられた美しさが好きだし、そういう作品を観たい。だからこうやって作品に出会い続けてるのだと思う。

日比谷線に乗って、恵比寿のなどやというギャラリーに向かう。ここは古民家を改装したギャラリーで、デザイナーの実験的な作品を展示することが多い。わたしはアートよりもデザインに関心があるので、とても好きなギャラリーだ。といっても今日が三回目の訪問、しかも大家さんの事情により来月末には解体されてしまう。代々木上原にも系列のギャラリーがあるので、活動はそちらへ引き継がれるそうだ。

などやでは、テキスタイルデザイナーが展示をしていた。それは解体清祓という建物を取り壊す際に行う儀式がモチーフとなった作品だった。建物を建てたこともなければ、取り壊したこともないのでそんな行事は知らなかった。こういうところに教養が出るので恥ずかしい。展示作家と話すのはたのしみでもあるが、自分の審美眼と経験と知性を試されている気がするので、とても緊張するし、ストレスでもある。単に自意識過剰なだけだけど。でも自分がなにを感じたかは伝えるように努めている。作品に出会ってしまった限りはそれが役目だと思っているから。なにに責任を背負っているのかわからないけど、それは果たさなければいけないと思っている。でも今日はうまくできなかったな。まあそんな気負わず気楽にいって帰ってくればいい。

二月六日㊐

九時半起床。コーヒーを飲みながら、佐久間PのYouTubeチャンネル「佐久間宣行のNOBROCK TV」のシソンヌの100回ボケてツッコむタイムレースを観る。じろうさんの憑依芸がすばらしかった。ひとしきり笑ったあと、豚汁を三回分ほど一気に仕込む。一回分を火にかけ、残りの具材は冷凍した。こうしておけば十分で豚汁ができる。やる気がない日のためのお守りだ。大量の野菜を刻むのは一種の瞑想状態…といいたいが、わたしは料理があまり好きではない。狭いキッチンでまな板から落ちていく野菜がストレスだし。今日も三十分以上野菜を刻んでいたし、ちょっとした工程の積み重ねで調理全体の時間がかかりすぎる。もし一日が三十時間だったら好きだったかもしれない。料理に創造性を見出す感性が豊かな人を見ると羨ましく思う。

二月七日㊊

仕事で所沢までできたので、ところざわサクラタウンの角川武蔵野ミュージアムにいく。隈研吾氏が手がけた建築が目当てだ。石でできたそれは予想以上に迫力がある。けれどそれほど強くは関心が持てない。内部と外部が切り離された目の前の物体とどう向き合えばいいのかわからない。ミュージアム横にある商業施設のほうは、バタバタと多面に屈折したパネルに覆われていてかなり鬱陶しく感じる。V&Aダンディのような隈研吾氏の建築が見たい。これは隈研吾の問題ではなく施主の問題でもあるだろう。用途は違うので単純に比較はできないけれど。いつか好きだった男の子と見にいこうと話していたけどこなくてよかった。わたしは興味がないとそれが露骨に態度に出てしまう。図書館の荒俣宏コーナーにあった高野文子の『おともだち』と『黄色い本』を流し読みして、施設を出る。

ところざわサクラタウンの近くに、天然温泉のスーパー銭湯があったので帰りに寄る。まん防で20時までしか食事を提供していないので、まずざっと湯に浸かってすぐに出て食堂に向かう。とんこつラーメンを頼んだら、いまどき見ないほどに牛乳でも入っているのかのような白いスープ。まずくもないけどうまくもないこういうラーメンをときどき食べたくなる。食べ終わってもう一度浴場へ。

ひとしきり湯に浸かったあとサウナに入る。テレビでは「COUNT DOWN TV」のスペシャル番組が流れている。おばちゃんの一人が「みんなおんなじ顔に見えるし、みんなおんなじ曲に聞こえる」といった。わたしもいま同じこと考えてた。いま流行っている曲がほんとうにわからない。白い服を着たアイドルと思われる男性たちが昔流行った曲をカバーしている。あーカラオケいきたいな。もう丸二年いっていない。サウナを出ても、スーパー銭湯なのにアルコールの提供がされていない。ビールのない銭湯なんて。

二月八日㊋

ずっとたのしみにしていたことがある。火鍋だ。そんなつもりはないのだが、どうやらわたしは収支のあわない生活をしているらしい。そんなわたしが唯一削れることといえば食費くらい。家の中でなるべく時間や手間をかけずに、楽においしいものが食べたい。こないだ一人コンロの前でスタンディングしゃぶしゃぶをしながら「この要領で火鍋ができないだろうか」と思い立った。いろいろ調べてみると、高円寺駅前に中国系の商店があり、そこでは中国国内で流通している火鍋の素が安く手に入りそうだ。中古のブランド品を扱う店が入った雑居ビルの何階かにその店はあった。「ニーハオ」といわれて、かなりぎこちなく「ニーハオ」と返しながら、店に入ると五歳くらいの女の子とその子をあやす母親と思われる女性。中国語の親子の会話を聞きつつ店内を物色。そこにあった、いちばん安い火鍋の素を買った。

そしてきたる今日という日は一人火鍋。在宅勤務なので、昼からやる。台所で放置されたニンニクを大量に放り込み、買ったばかりの新鮮なしょうがをざくざくと切っていれる。きのこははじめからいれたほうがいいというアドバイスがネットにあったので、えのきとまいたけを投入。牡蠣とイベリコ豚肉を脇にかまえて、火をかける。固形のスープが溶け出し、真っ赤な水面がぼこぼこと揺れる。そろそろいいかなと思ってまずはイベリコ豚から食べる。もちろん台所のキッチンの前にスタンディングしたまま。これはかなりうまいぞ。はふはふと牡蠣をくわえれば、旨みと辛みがじゅわと広がっていく。無心になって箸を進めていたけど、そのうち辛さに耐えられなくなってきた。ネットで調べると、ごま油と塩でタレをつくるとよいとあるので、さっそく実践。うま。あーしあわせ、ていうかビール飲みた。そして昼休憩を終えて業務に戻る。

午後、社内の打ち合わせ。仕事の話は早々に今後のキャリアの話からしいたけ占いの話題で盛り上がった。一人悶々とするだけではなく、たまにはだれかと腐りあうのも発見がある。終業後も火鍋。もちろんここではビール。

二月九日㊌

明日は大雪らしい。明日は前にTinderで知り合った男性と会う約束をしている。バレンタインも近いし、チョコでも用意すべきか否かひととおり悩んだ末に用意した。一個三百円のTopsのチョコレートブラウニー。かなり妥当だと思う。妥当な手土産選手権があったら、わたしはけっこういい線いける自信がある。まあ会えなかったら会えないで仕方がないな。彼に「雪合戦しよー」と送ったら「いえーい」と返ってきた。やるのかよ。ブーツ売らなきゃよかった。コンバースのハイカットで戦えるかな。

二月十日㊍

雨が雪に変わりはじめたころから、雪の状況を調べつつ、電車が動いていれば問題ないだろうと楽観していた。電車は止まる気配もないし、雪もしゃばしゃばで積もらない。電車に乗り、彼の最寄り駅で待ち合わせ。コンビニでロング缶のビールを二本買って、家に向かう。

家に着いて「今日の献立はなに?」と聞くと「ポトフと生姜焼き」との返答。手伝ってといわれたので、ガッテン、じゃがいもを剥く。ポトフのソーセージを用意する彼に「こないだ吉祥寺を歩いていたらシャウエッセンの匂いがしたんだけど、シャウエッセンの匂いってわかる?」と聞いたら「ぜんぜんわかんない」といわれた。わたしもぜんぜんわかんないんだよな。

ごはんを食べながら、ずいぶんいろんな話をした。日本社会での生きづらさ、そしてそれを変えるにも個人のアクションはあまりにも非力なこと。どこまでも答えのない話だけど、彼の希望を捨てないところがとても尊敬できた。わたしが希望を持てないのは、女であるために生まれたときからあらゆることに落胆しているからか、単にわたしの性格の問題なのか、その両方なのか。借りていた『ドライブ・マイ・カー』の原作が掲載されている『女のいない男たち』(借りたというか半ば強引に渡されていた)、前回借りた三千円、バレンタインのチョコ、借りていた本のお返しとして赤塚不二夫の自叙伝を渡した。彼は、今度は韓国の小説『アーモンド』を貸してくれた。チョコもちゃんと喜んでもらえてよかった。

彼がお風呂に入っているあいだ、薦められた『呪術廻戦』を読んでいた。彼はお風呂から上がるとベッドに横たわった。「こっちおいでよ」と床に座っているわたしを呼び寄せる。しばらく二人で並んで横になって『呪術廻戦』を読む。「ねえいつまで読んでるの?」といって、わたしを自分の上に乗せた。彼はわたしのブラを見て「かわいいね」といった。

性病だから最後まではしなかった。わたしもお風呂に入って、二人でベッドの中に潜り込む。彼はぽつぽつと自分の話をはじめた。後輩があまりに仕事に向いていなくて困る、と仕事の愚痴。そこから、彼の高校時代の話に変わる。受験勉強は嫌いだったけど、勉強は好きだったという。外国人の講師からマンツーマンで英語を習って、そこで哲学の話をしたり、数学の証明がどうしてそうなるのか納得いかず、自力で証明に取り組んでいたとか、そんな話を聞いた。「わたしはあなたのそういうところおもしろいと思う」というと、彼は話し終えたようで「もう遅いから寝よう」といった。お互い背を向けて眠った。

二月十一日㊎ 建国記念の日

朝起きて、音を立てないように帰る準備をする。まだ寝ていた彼は「もう帰るの?」と聞いた。「うん」と答えると、こちらも見ずに「またね」と手だけを振って、また寝はじめた。

彼の家の近くにある、ずっといってみたかったカフェにいく。モーニングプレートを食べながら、ぼんやり今日はなにをしようかと考える。ずっと観れていなかった『スパイダーマン：ノー・ウェイ・ホーム』を観にいこうと思い立ち、時間を調べて映画館へ向かう。ゼンデイヤ様を見にきた気軽なつもりだったのに、なかなかの展開に情緒がたいへんなことになった。それにしてもカンバーバッチのことが好き。アベンジャーズでいちばん好きなのはロキ。トム・ヒドルストンはエロい（ロキは厳密にはアベンジャーズではないけど）。

映画終わりに公園を散歩する。昨日の雪はほとんど溶けている。土の上にわずかに残った雪。なんらかの宗教の新聞を持ったおじいさんが「魂は残る」といった。歩き進むと、中学生くらいの男の子四人組がベンチに並んで座ってマックのポテトを食べていた。なぜか全員サイズ違いのポテトだった。柴犬を抱えて原付に乗るおじさんが羨ましかった。夜はサイゼにいっていい休日だった。

二月十二日㈯
朝目覚めてシャワーを浴びて、コーヒーを淹れ、数日前買って冷凍しておいたクリスピー・クリーム・ドーナッツを食べる。金曜日に配信されたばかりの「OVER THE SUN」を聴きながら掃除、洗濯。自分が知らない世界を教えてくれる男を好きになっていたというスーさんの話にはとても共感した。わたしのいくつかの恋でも、みなわたしになにかを教えてくれた。彼らが教えてくれた物語や作品がいまのわたしの大切な指針になっていたりする。普段はその人から教わったなんてことは一切思い出さないし、ほとんど忘れていることのほうが多いけれど。夕方から日記を交換している人と会うことになり、持て余した時間をどう使うかと悩みながら、結局ベッドの上でごろごろする時間が最高にしあわせ。こういう時間でなにかするのがいいのだけれどなにもしない。

待ち合わせをした人がいきたい本屋があるというので、恵比寿で待ち合わせた。二人でPOSTにいった。どこかで話そうとカフェを探すけど、休日の恵比寿はどこもいっぱいで、仕方がなくただ大きいだけが取り柄のカフェに向かう。お互いの興味範囲が似ていて、すぐに意気投合した。人の日記が好きだという彼と、日記論のようなことについて語りあう。日記を日記たらしめるものは結局日付でしかないところがいい、というような話をした。このあと、友だちと会うからよかったらこない？といわれて、二つ返事でＯＫした。

合流するまで時間があるので、池袋に移動して、ジュンク堂に二人でいった。彼はわたしよりもずっと読書家だったのだけど、いろいろ本を薦めたら『写真の新しい自由』と『傷を愛せるか』を選んでくれた。彼はほかにもたくさんの本を積み上げてレジに向かっていた。ジュンク堂を出て、二人で王将に向かう。このコース、高校生のころによく歩いたな、と思い出していた。二人で天津飯を頼んで「本と王将はほぼタダみたいなもの」と盛り上がった。そこからさらに電車移動して、彼の馴染みのバーで友だちたちと合流した。土曜ということもあって、かなりの人口密度だった。おのおのがなんとなく恋バナをはじめて、わたしも昨日の彼のことを話すと、みんなの顔がドン引きしていた。そんな男はやめたほうがいいという目。そうだよなあ。いっしょにきた彼は途中からほかの馴染みの客と話していた。「あなたなら放っておいても大丈夫だと思った」といわれたけど、それはその通りで、わたしも彼の友だちや近くにいたお客さんとたのしく盛り上がった。新しく会うたのしい人たちとの交流はひさびさだったので、たぶん今年の暮れに「今年はこんなことがあったな」と思い出す一日のひとつになると思う。

二月十三日㊐

雨だというのに家に傘がない。わたしは傘をいつもどこかに置き忘れてしまう。コンビニで傘を買うと店員さんがビニールの袋を外して渡してくれた。

ビニヤリを食べにエリックサウスに向かう。海老ビニヤリを頼むと二十分かかるといわれた。ビニヤリを待っているあいだ、昨日知人からインスタのDMできていた「昨日ここにいましたか?」というメッセージに返信。わたしは昨日まったく別の場所にいたのでそこにいるはずはなかった。実はその人を街で見かけたことがあったのだけど、少し気まずくてそのとき声をかけられなかった。そのことを後悔していたので「また飲みにいきましょうね」と送った。いいねで返事がきた。Tinderでやりとりしている人から、コアラのマーチの絵柄はどれが好きですかとURLが送られてきて、365ある絵柄をすべてを見て好きな絵柄をひとつ選んだ。それでも二十分は経過しないので、追加でホットチャイを頼んだ。厨房からタイマーの音がして、しばらくするとビニヤリが運ばれてきた。これは食べきれないかもしれない…と思ったのに、透明なガラスの釜いっぱいに入ったビニヤリをなんなく平らげた。うますぎてビビる、エリックサウスあるある。

ビニヤリを食べにくる前に、先日雪の日に会った彼に連絡をしていた。これ以上会ったら好きになる、と送った。彼がわたしにセクシャルな関係しか求めていないことはわかっていたから、好きにならないようにしていた。そう思って会った。だけど、彼と会話をしているうちに、彼自身の価値観に触れて、それを魅力に感じてしまった。ばかげてる。彼の背が高くて華奢な体型も、低く響く声も、輪郭と目がはっきりとした男前な顔立ちも最初から魅力的だとわかっていた。彼から自分には好きな人がいることと、お互いのためにもう会わないほうがいいという返信がきた。わたしはそれに了承して、わたしが貸した本はそのまま持っていてと返した。涙が止まらなくてもうすでに好きだったのだと気づいた。先日占い師に「今年はいままでのあなたが選ばなかったことをしたほうがいいです」といわれていたので、たぶん間違っていなかったのだと思う。

二月十四日㊊

ビリヤニをビニヤリと間違えたショックで寝込んでいる。「好きな人 忘れる」で検索していたら、東京カレンダーのタイアップ文学にぶち当たった。元カップルの妙齢の男女が再び会うようになった設定。最近胃の調子が悪いといってる男に、女が胃薬を差し出し、突然饒舌に胃薬について語り出す。そんなん百年の恋も冷めるど。スマホを放り投げる。いろんなことがどうでもよくなる。

こういうときはロイヤルホストにいくのがいい。ロイホで高い肉を食べる。甘いココアを飲む。セットの英国風パンで眠りにつきたい。ちょうどいい甘さとやわらかさ。ふかふかのパンのベッドを夢見ながら、いくつかのメールの文面を作成して送信し、上司からきた解読不明なSlackを無視する。昨日の彼のメッセージを百回くらい見直して、百回くらい暗唱して、もういい加減涙も出なくなった。どういうときに自分は恋に落ちてきたんだろう。その人の感性が自分とあうと感じるとき。その人のものの見方を尊敬したとき。その人の孤独を感じたとき。相手の考えを知りたいと思うし、自分の考えを伝えることができると思うとき。わたしなら相手のためになにかできるんじゃないかという勘違い。なにかをしてくれたとかで好きになることもないし、なにかをされたとかで嫌いになることもない。ただ恋愛関係でありたいと望むならば、お互いの思いやりや愛情表現の態度が重要で、今回はそれが無理だと思った。それを相手に確認してそれがたしかにそうであったというだけ。

二月十六日㊌

図書館からの帰り道、夕飯の匂いがした。たぶん筑前煮。夕方の夕飯の匂いは、小学生時代の記憶と結びついているし、また多くの人ともそれを共有できることが不思議だ。東京で育とうが新潟で育とうが、きっと夕方には夕飯の匂いがする。わたしの記憶は住んでいたマンションの目の前にあった高校のグラウンドの横の道。もう暗くなるというのに、野球部はまだボールを投げている。あるいは住宅街の坂を下る道。マンションは坂の麓にあって、夕焼けチャイムが鳴るころ、坂からマンションの明かりがぱあっとつくのを見るのが好きだった。そんなときどこからともなく夕飯の匂いがする(それはときにみそ汁、ときに煮物、ときにカレーである)。わたしは二十五歳になるまでその道をずっと通ってきたのに、記憶にある景色や匂いはきっと小学生のときにつくられている。

二月十七日㊍

深夜、Tinderを開きながら、NHKで流れていた、谷川俊太郎の絵本のドキュメンタリーを観た。谷川俊太郎が語る宇宙的孤独、社会的孤独を考えながら、Twitterを開く。ほんとはなにもしてないし、ほんとはなにも考えていない。なにかを考えるふりも、なにかをやっているふりも、できる。でもほんとがどこにあるのかだけがわからない。別になんてことないのだけど、今日は憂鬱になってしまって、今日は満月なので、これは満月のせいだということにして、今日も火鍋を食べた。坂口恭平がいうところの「躁鬱人間」なので仕方あるまい。

二月十八日㊎
以前、好きだった人、いまはもうすっかり友だちとなった人とインスタのＤＭで『ストレンジャー・シングス 未知の世界』の話で盛り上がっていると、今度結婚するんだといわれた。その人とはストレンジャー・シングスのシーズン２配信がはじまったころにペアーズで知り合った。もうそんなに経つのね、と時間の経過を確認しあった。もうしばらく会ってないけど、お互い興味関心が近く気も合うので、よくインスタ上でやりとりをしていた。こんなにも気が合うのに、いまいち恋愛感情を持ち切れないのは、前世で生き別れの兄弟だったのかもねと伝えたことがある。すごく微妙な顔で笑ってた。わたしの心の公式お兄ちゃん、ほんとうにおめでとう。うれしい。

二月十九日㊏
ギンザ・グラフィック・ギャラリーの『ソール・スタインバーグ展』にいく。一部は和田誠のコレクションだと聞いていたので影響下にあったのだなと思ったけど、作品を見てこれは真鍋博や柳原良平あたりも影響受けているんではないかと思った。やっぱりそうみたいだった。そんな父なる存在であるソール・スタインバーグに心奪われた。彼の絵を形容する言葉はウィット、ユーモア、シニカル、軽快。要はかなり洒落ている。スタインバーグは「わたしはどの専門家でもない、幸いなことに」と加藤周一との会話の中で語っていた。それを体現するかのように、作品たちはどこにも根をはらず、浮遊し、どこかに押し込められることを拒む、そんな絵だった。わたしはこういう隙間をぬって、独自の領域で自分のことをやるタイプの作家が好きだ。シンプルな線と構成なのに描かれた世界には奥行きがあって、何度見てもなにかを見落としてしまっているような気がした。風刺や皮肉が込められていることをなんとなくわかっても、無教養なわたしはそれがどんなものであるかは正直よくわからなかった。わたしが好きだと思う絵の基準のひとつは、絵を見たときに思わずわたしも絵が描きたい！と掻き立てられること。ソール・スタインバーグの絵はそういう類いのものだった。二千円しない図録(安すぎる)を抱えて、銀座駅のホームでヤクルトを二本飲んだ。

二月二十日㊐

六時半すぎ起床、というか単に目が覚めただけである。もう一度眠りにつこうとするがうまくいかないので、諦めてただぼーっとする。気がつくと七時すぎだけど、まだ起きる気になれない。そのまま布団の中でうだうだしていたら、もう一度眠っていて、起きたときには九時すぎだった。「日曜美術館」をつけて、昨日の夜つくった白菜と里芋のスープをあたため、冷凍していたパンを解凍する。なんとなくつくったスープだったけれど、意外といい組み合わせで、こういうとき、自分のことを天才だと思う。冷凍していたパン屋のパンもうまい。日曜美術館が終わったあと、本を読む。先日ふられた男性から借りた『アーモンド』。そのうち彼の家のポストにいれると約束して連絡を終えたので、とりあえず読んでから返すつもり。

薄暗い部屋で読書をしていると母親がやってきた。忘れていたけど、今日はいちごを届けるからとLINEがきていた。母という生き物はみなそうなのかもしれないが、突然訪ねてきてひととおりのことを話し、こちらのことを聞く。なにかちょうどいい娯楽を探しているようなので、母のiPhoneを借りて、Spotifyをダウンロードし「OVER THE SUN」と「叶姉妹のファビュラスワールド」を聴けるようにした。ひとしきり話したあと、母が買い物をしようというので、駅前に向かう。いつもの習慣で本屋に入る。今日マチ子とフィッシュマンズの評伝がセール棚にあったので悩んでいると母が「ほしいなら買うよ」といった。父の退職金で細々暮らしている母にお金を使わせる気はあまりないのだが、わたしにお金を使うことが母にとっては大事なことだとなんとなくわかっているので、ありがたく買ってもらうことにした。母が本を読みたいけれど、どういう本を読みたいかわからないというので店内をめぐる。どんな本がいいのかと聞くと、気楽に読めるものといわれ、阿佐ヶ谷姉妹のエッセイはどうかと聞いたけど、あまりしっくりきていない。わたしもあまり読んだことはないけれど、描写が美しいよと梨木香歩を薦めた。

夜、日記を交換している人と池袋の中華フードコートにいった。待ち合わせはジュンク堂。彼は真っ青なコートで現れた。お互いの気になる本を薦めあいながら、店内を少しまわる。北口に向かうと、なんだか印象が変わっていた。でもくる機会があったとしても、いつも足早に去るようにしていたからあまり覚えていない。雑居ビルに上ると、簡易な机と椅子が並べられていて、まるで屋台みたいな構えの店がいくつかある。たしかにフードコートだ。適当に頼んだ、タジン鍋のチキンのスープが驚くほどおいしかった。食べたことあるような、ないような味がする。二人でうまいうまいといって食う。別のビルにある、もうひとつのフードコートにも寄った。そこでもかなりの量を頼む。最後に頼んだのが杏仁豆腐かと思ったら、大きな茶碗蒸しのような料理で相手は食べれないと音をあげていたので、わたしはどんぶりを持ってぱくぱく食べた。

二月二十一日㊊

その日あった出来事をその日のうちにかたちにできなくて、時間をかけ、着地させることができることもあるのだと、日記を通してわかった。それが感情を整理できたということ。わたしはこの日記は感情を整理するためではなく、もっとチャーミングなものとして取り組んでいるけど、日記という性質上、その日あったことを振り返ることはその日の感情を振り返ることにほかならない。だから感情の整理がつかないときは書けないのだ。いや書けるのだけど納得、というか、書けたという感触がない。気持ちがここに落ち着くというのが書けたという感触なのかもしれない。今日は今日あった出来事をまだ咀嚼できていない。今日は日記ではないのかもしれない。

二月二十二日㊋

今日もわたしは自分の股を鏡越しに覗いている。自らの女性性解放のために、外陰部を観察するというセラピーがあるそうだ。ただわたしは自らの女性性と向きあうために女性器を覗いているのではない。女性器にできたイボの治療のために、せっせと女性器を覗きイボにクリームを塗っている。女性器にできたイボは尖圭コンジローマという性病である。初めてイボの存在に気づいたのは十二月三週目。シャワーを浴びているとき、違和感を感じた。見たことのない突起。ネットで調べると、どうやら性病の可能性があるらしい。性病なんて縁遠いものと思っていたから、かなり憂鬱な気分になりながら、婦人科を予約した。

ふだんピルを処方してもらっている婦人科にいき検査用の椅子に座ると、勝手に脚を開いていき、ブイーンという音を立てながら後ろに90度に倒れていく。わたしのおなかあたりにあるカーテンの向こうで、いつも明るく元気な先生がいつものように元気に「うん、尖圭コンジローマだね！ 取っちゃうね！」といった。かちゃかちゃと器具が用意されているあいだ、わたしはジェットコースターが落ちる寸前のことを思い出していた。体を預けるには不安定な角度と緊張感が似ている。看護師さんが「力を抜いてね」というと、女性器に麻酔の針を打たれた。麻酔の針が地味に強烈に痛い。先生が「ちょっとがんばってね」と押し広げる。ハサミのようなものが触れると、直にイボを切り取る。二か所も。初めて性病だと告げられて、感情の整理が追いつかないまま、突然に股に注射を刺されたショックで、処置後、真冬だというのに汗がだらだらと止まらなかった。「再発も多いから様子見て異変があったらまたきて！」と明るく元気に見送られた。

数週間後、祈るように過ごしていたものの、また女性器に違和感。婦人科を訪ねると

「うん！　またできちゃったね！」といわれる。そこからわたしはかれこれ一ヶ月ほど、自分の女性器と向き合い、クリームを塗っている。一か所だったはずなのに、数日前から不審な膨らみ一か所と発疹を二か所を見つけてしまった。イボが増えている。だれにも感染させることなく、わたしの体内でウイルスを死滅させようとこんなにも真面目に治療に向き合っているのに、なぜ。悲しみ。またこれも運命なのか。いまのわたしにはセックスは必要ないということなのか。

ああ今日は前好きだった男の誕生日だと思い出してしまった。いつか誕生日を忘れたときがほんとうに恋を忘れたときだと聞いたことある。思い出してしまって悔しい。

二月二十三日㊌　天皇誕生日

朝起きて、二度寝して、スマホを離すことができなくて、今日はだめな休日だと思った。なんとなくの不調は昨日から続いていて、なにをするわけでもない時間を過ごしてしまう。なにもしないを積極的に選ぶことと、なし崩し的になにもしない状態になることはまったく違う。これもしょうがないかと思い、部屋の光を観察する。一階に住んでいるので、この時期は太陽の光が差す時間が限られる。いちばん明るくなるのが、十時ごろと十二時ごろ。それをすぎると、夕方ごろまで薄暗く、そのまま夜になる。

二回目の太陽の光を感じるころ、おなかがすいたので、即席ラーメンをつくる。日清ラ王、担々麺。食べ終わってすぐに布団に戻る。したいことやいきたいところは思い浮かべど、いまはなにもしたくない。こういうときは無理矢理なにかをしてもいいことはない。ベッドにいるのもようやく飽きてきたころ、近所の公園にでもいこうという気になった。公園のベンチに座って、日本の古本屋で買った谷川俊太郎の『はだか』を読む。すべての文字がひらがなで書かれている。読み終わるのにはそんなに時間もかからなかったのにそのころには手が冷えきってしまった。家に戻って、夕飯の準備をしつつ、お風呂を沸かす。一時間ほどお風呂に浸かって、夕飯を食べて、今日はおしまい。また明日。

二月二十四日㊍

不調の原因はわかっている。自分のこれからの仕事に対する不安。チャンスさえあればいつでも転職しようと思っていて、転職活動はちらほらしているものの、なかなかうまくいかず、これだというビジョンをあまり描けていない。そんなものだと思うし、目の前にきた船に乗るのがいちばんだと思うけど、目の前にそんな船はこない。外側から見たら、惰性に見えるかもしれない。けど、いまの仕事をやりながら、チャンスを探して待つ。あまり焦らないでいようと思っていた。

だけど、最近同僚が辞めることになり、それがきっかけで、会社の我慢ならないところがやっぱり我慢ならないと再確認させられていた。そもそもわたしこれやってて意味あるんだっけ？と思いはじめたら、憂鬱になった。

近年中に学び直しを計画していて、できる限り収入はキープしたいから、下手な博打は打ちたくない。選択肢を潰すような選択肢は取りたくない。どこかに転職して正社員をやるのが現実的だけど、わたしが求めている求人票はどれなんだろう。かれこれこんな状態が長く続いている。どこかどうにか突破口を自分で見つけないと。

そんなタイミングで今日はたまたまホロスコープ（西洋占星術）のセッションだった。自分が生まれ持った運命がなかなか難儀で、なんてわがままなカルマを背負って生まれてきたんだと思った。自分の生まれた星を憎みさえするよ。

二月二十六日㊏

友だちとスーパー銭湯にいった。その子は幼稚園からいっしょだけど、なかよくなったのは中学生のころ。中学の友だちでいまでも仲がいい人はいないからとても貴重な存在。脱衣所でとりあえず真っ先に服を脱ぎ捨てたら「脱ぐのはやくない？」とつっこまれる。全員裸なんだからどのタイミングで裸になろうがいっしょだと思う。真っ先に露天風呂に向かうと、とてもきれいに晴れていて気持ちがいい。湯に浸かりながら、お互いの近況報告。「最近、Tinderで日記を送ってるんだ」というと笑いながら「ぜんぜん変わってなくて安心した」といわれた。

そこのスーパー銭湯は巨大で岩盤浴エリアと休憩エリアが隣りあっていて、岩盤浴しながらマンガを読むことができた。わたしは読んだことなかった『シャーマンキング』を選んで、友だちは『ドラゴンボール』を持って、岩盤浴に入る。友だちと話していたことだけど、最近のマンガ、というか主に『鬼滅の刃』のことだけど、話の展開が早すぎてなにが起きているのか把握する前に、一山を越えていて、感慨や悲しみに浸る暇なく、次の展開に進んでいる。もはやおもしろいかどうか判断できない。この情報量で読み取ることができないと、もうマンガというフォーマットはたのしむことができないんだろうか。時代の流れに自分が取り残されているようでしみじみ悲しくなった。『ONE PIECE』で育った世代だから、あのような時間軸で生きている。今日読んだ『シャーマンキング』はスピード感がとてもちょうどよく安心して読み進めることができた。

スーパー銭湯の帰りにサイゼに寄る。友だちがサイゼは高校生のころの記憶で止まっているというので（それはミラノ風ドリアしか食べたいことがないというのとほぼ同義である)、メニューを開きながらひとつひとつサイゼの魅力について語った。

二月二十八日㊊

Twitterでウクライナに住む日本人のツイートが流れてくるようになった。さかのぼってツイートを読んでみると、数日前までは予感めいたもので、さすがに侵攻まではしてこないだろうという空気が感じられるのに、ある日突然戦場となって日常が奪われていく。そんな景色が存在しうるんだなんて想像していなかった。世界中で殺しあいがなくなることをとにかく願うことしかできない。

三月一日㊋

冬の終わりにちゃんとやってきた今年の春はとても律儀だと思った。シャツの下に仕込んだヒートテックのせいで汗ばむ。夜でも、もうダウンコートは不要だ。季節の変わり目はつらいことが起きがちで、体調や心のバランスを崩していることが多いから、いい記憶ばかりではないはずなのに、冬から春、夏から秋にかわる瞬間をいつも心待ちにしている。ようやく春の存在に慣れたころ、春がすぎ去ってしまうことを経験則として知っているから、いまから春をたのしもうと少し意気込んでみるものの、春支度ってなにがあったろうか。でも外がぽかぽかだなと思っているだけで、もう十分だと思う。ちなみに春支度とは正しくは新年を迎えるための準備という意味だそう。

三月二日㊌

いつものようにメモアプリを開いて日記を書こうとするけど、なぜかうまくいかない。いや毎日うまくいってはいないし、うまくいくということを目指していないから、うまくいくとかいかないとかそういう話ではないはずなのに。日記を一ヶ月ほど続けてきたけど、ここ数日、いざ書こうとするとこうした気持ちになる。

わたしが日記をはじめた理由はいくつかある。その理由のひとつに、福尾匠さんという人がいる。福尾さんは昨年365日、日記を書いてそれを本としてまとめる企画をしていた。おそらくだれかのリツイートでそれを知って、福尾さんの「たくみ」というアカウントから流れてくる日記を読むのが日課になっていた。

福尾さんは哲学や批評分野で活動していて、日記では日々の仕事の延長上でのメモのようなものも多いのだけど(わたしは哲学には明るくない)(正直に言えば福尾さんの著作も読んだことがない)、福尾さんがその日出会ってしまった出来事や日常生活でずっと感じていた気持ちがそこに混ざってくるのが、ひとつのテキストとして不思議な感覚がしておもしろかった。それで日記に興味を持つようになったところがある。比べるまでもなく、福尾さんの日記とわたしの日記はだいぶかけ離れたところにあるけれど、福尾さんの日記を読み返して、原点回帰、ニュートラルポジションに戻れたような気がする。日記を書いていたら雨も止んだ。

三月四日㊎

春の陽気に誘われるようにモスバーガーへ。わたしは公園で食べるモスバーガーが好きだ。モスバーガーでは、モスチーズバーガーとオニポテしか頼まない。ほんとはスパイシーなほうも食べたいのだけど、辛味のために30円出すのも癪だなと思って、いつもモスチーズバーガーにしてしまう。マクドナルドには朝しかいかないから朝マック以外のメニューがわからない。たまに朝以外にいくことがあってもマックシェイクとポテトしか頼まない。あ、でもチキンナゲットも食べる。フィレオフィッシュがたまに食べたくなるけど、おそらくもう五年は食べていない。おいしかったよね、フィレオフィッシュ。朝マックでいちばん好きなメニューはハッシュポテト。むしろハッシュポテトのために朝マックにいく。マックグリドル、ハッシュポテト、カフェラテがいつものセット。ハンバーガーの話をしたら、カタカナばかりの日記になった。

カタカナビジネス用語に対抗するにはハンバーガーチェーンの話をするといいのかもしれない。

三月五日㊏

好きなものも自分の内から離れてしまえば、ほかのなんでもないものと同じになってしまう。最近好きなものでさえ手放していたのだと、小池一子さんの展示を見て気づいた。その展示『オルタナティブ！』では、小池さんのこれまでのキャリアを振り返り、そのときの仕事や関わってきた作家の作品が展示されていた。今回のためにつくられた動画のなかで、彼女はさまざまな人から繰り返し「パワフル」と評されていた。これまでのこの膨大な活動とその密度はたしかにパワフルとしか言いようがないもので、そしてそこには彼女のさっぱりとした気持ちよさがよく現れていた。彼女のパワーに触れて、好きなものを好きだと確かめにいく時間がいまは必要なのだと気づかされた。この高揚感を留めておきたくて、帰りに『美術／中間子 小池一子の現場』を買った。

雪の日に会った好きな人から借りていた本を相手の家のポストにいれるごく簡単なミッションをこなす。ミッション後、休憩がてらにジェラートを食べる。

移動中、新宿駅南口で行われていた「No War 0305」をYouTubeで聞いていて寄ることにした。着いたときはちょうど七尾旅人が演奏するところだった。そのあともかわるがわる演者がパフォーマンスをしている。それがとてもすばらしく、すばらしいがゆえに、この気持ちをどこにやればいいのかわからない。折坂くんが「居心地の悪さ」といっていたけど、なぜこんなすばらしいミュージシャンたちが、戦争反対の名の下に集まらなければなかったのか、その事実にやりきれない。帰りに千円の募金をして、二万円分の化粧品を買う。矛盾している。

ウクライナ人もロシア人も今日あそこに集まっていた人たちだって、こんなことが起こりさえしなければ、ただのいい休日を過ごしていたのかもしれない。長い冬が終わってようやくそれぞれのかたちで春の訪れを感じていたのかもしれない。なにかに怯えることなく、それぞれの目の前にある現実をただ一生懸命に生きていたのかもしれない。

三月六日㊐

昨日は遅く寝たけど、九時前に起きることができたので日曜美術館を観る。今日は香港のM＋特集だったので見逃すまいと思っていた。少しだけひと眠りして21_21

DESIGN SIGHT『2121年 Futures In-Sight』に向かう。それはデザイナー、アーティスト、思想家、エンジニア、研究者たちによる未来に関するテキストが軸となった展示だった。未来をテーマにした展示では、テクノロジーの進歩を予期させるプロダクトや、そのプロトタイプを見せるようなものが多かったと思う。だけど、この展示ではテキストたちから、もはや人類の進歩を考えている場合ではないというメッセージが投げかけられていた。未来をディストピアにしないために、良心ある選択がいま求められている。だから、未来を変えるために必要なのは、テクノロジーの前に言葉なんだと、会場のテキストを読みながら思った。

お昼にPIZZA SLICEにいく。並んでいると、後ろの男性二人組が「アート観て、ピザ食べるなんて、ほんとしあわせだね」という。ほんとにそうだねと、心のなかで完全に同意した。ビールを片手にピザにかぶりつく。手ばやく平らげてしまった。そのあと、TOTOギャラリー・間の『妹島和世＋西沢立衛／SANAA展「環境と建築」』へはしご。西沢さん設計の「SHOCHIKUCHO HOUSE」を写真では見たことあったけど、模型で見てあらためて感動した。細長い空間に、開放感を与えつつ、ちゃんとクローズドな居場所も配置してあって、人の居所がよく計画された住宅だと思った。

三月七日㊊

ずっと過眠症のような状態が続いていていて。いつからかも、もはやはじまりがわからない。もともと人間は寝てもよい状態ならば何時間でも寝られる生物だったのかもしれない。たくさん寝ることでしか回復しない疲れがあって、それがなんなのかわからないまま眠り続ける。眠り続けることは苦痛ではない。苦痛なのは外の世界は止まらずに進み続けていることだ。わたしが寝ているあいだにも。目が覚めて、ハーゲンダッツのクリスピーサンドを食べた。

三月九日㊌

いつか、「あちこちオードリー」のアンミカさんとフワちゃん回を観たことがあった。アンミカさんは共演者になんとなくいやな感じがする人がいたら、楽屋挨拶のときに、楽屋に塩を撒いて帰ってくるという話をしていた。そのエピソードを聞いて「塩が必要なのはわたしなんじゃないか」となぜだか思って、すぐさまバスソルトを買ったことがある。邪気が出ているのはだれよりもわたしだと思った。ちなみにそのエピソードを聞いてから、一週間ほどはすっかりアンミカ信者になった。ありとあらゆるアンミカさんのことを調べまくった。推しのような状態だったけど、その気持ちはすぐに定位置に戻った。そのバスソルトをようやく今日使い終えた。なにか変化があったかわからないけど、もう自分に対して塩が必要だとは思わない。あのとき感じていた邪気はなんだったのだろう。また浄化が必要になったらバスソルトを使えばいい。とても簡単なこと。

三月十日㊍

芸能人のゴシップには興味がありませんという顔で過ごしているのに、LINEニュースやYahoo!の新着欄で思わず釣られてしまう。人間の弱さだと思う。「小林麻耶が離婚」という見出しにひかれて、ついついページを開く。記事内で紹介されている元夫である國光氏が書いたブログが衝撃的だった。句読点がひとつもない。句読点がまったくないだけでこんなにも文章が頭に入ってこず、人に恐怖を与えることができるのかと、その事実に驚いた。ただ、氏のブログには、句読点がないことで責められることがあるようで「どうしてそんなに攻めるのですかなにか悪いことをしましたか犯罪でもしたのでしょうかおかしいのはあなたですよ」と書いてあった。氏のこの言い分は至極真っ当であると思った。でも、わたしはどんな文章でも句読点を抜けば、こうした気持ちになるのか少し試したくなってしまった。

豚汁のレシピだいこん1／2本にんじん2本ごぼう1本長ねぎ1本さといも300グラムだいこんにんじんを銀杏切りにするごぼうはよく泥を落とし皮をこそいでから3ミリ幅程度の斜め切りにする長ねぎは5ミリ幅程度の斜め切りさといもの泥をよく落として皮を剥いて乱切りにするボウルに水をいれアク抜きをする具材が切れたら鍋に0・8〜1リットルの水をいれ沸騰するまで待つ沸騰したらだいこんにんじんごぼうをいれる灰汁が出てきたら取るだいこんに透明感が出てきたらさといもをいれてさらに煮るさといもが柔らかくなったら長ねぎをいれさっと火を通す火を止めて適量の味噌を溶かす溶かし終えたら一煮立ちさせて完成

豚肉いれ忘れた

三月十一日㊎

朝のMTGが終わり、やる気が出ないのでサイゼリヤに向かうことにする。半熟卵のミラノ風ドリアのランチセットを頼む。ミラノ風ドリアを食べるのがいつぶりか思い出せないいし、わたしはそもそも半熟卵のせを食べたことがあっただろうか。初めてかもしれないい。そんなことを考えていたら、あいもかわらず驚きの早さで提供される。食べ終えてしばらく作業。評価のための目標設定を書いた。こんなものは名ばかりでほとんど機能していない。それらしきことをそれらしくまとめることだけがうまくなっていく。

サイゼリヤから出ると、先日会った日記を交換する男の子に遭遇。今日は有給だという。近所に知り合いがいて、こうやってばったり会うのもなんだかたのしい。商店街を抜けて本屋に向かう。欲しかった本をほぼ反射的に二冊買い、帰りに花屋でミモザを買った。終業後は二ヶ月ぶりの美容院へ。そのあと日記を交換している人に会うことになった。散髪後に人と会う予定ができるのはうれしい。

駅で待ち合わせると、彼は電話をしていた。店に入れるか確認していたという。失礼ながらふわふわパーマのたっぷりとしたロン毛に似つかない律儀な人だと思った。二人でcafe garage Dogberryにいく。彼はわたしが日記を送りはじめたころから、日記を送ってくれていた人だった。書いてあることは日常であるのだけれど、言葉選びや表現力がいままでに見たことがないものだった。そんな人なのに、わたしがきっかけで日記を書きはじめたというのが、とてもうれしかった。日記を交換しているなかでも、日記が送られてくることを特にたのしみにしている人がいる。彼はそのなかの一人だった。話していると彼はしきりに「助かる」といった。わたしと話したことで助かったそうだ。わたしのゴールドのゴツいネックレスもほめて、写真に撮っていい？

とそれをスマホに収めていた。

三月十二日㊏

日本橋高島屋S.C.で行われている、『デザイン・ダイアローグ　メゾン・エ・オブジェ・パリ展』にいく。フランスで行われていたインテリアの展示会のサテライト展。日本で海外のデザイナーがこうしたかたちで紹介されるのはとてもめずらしいのでありがたい。わたしはデザイン全般に興味があるけれど、家具やインテリアにいちばん惹かれる。造形的自由度が高くて、自由度が高いまま、産業として成立していること、体のスケールに近いことがおそらく理由だと思う。好きになった人が好き、みたいなもので好きなものはぜんぶ好きだし、その傾向もあるようでなかったりするけれど。アートとデザインの線引きをしようとする議論は生産的ではないし、特に興味もない。

ビジネスのためのデザインはつまらないし、物語でしか語ることができないデザインはつまらない。アウトプットとしてのものがなんであるかが、わたしにとってのデザインにおいてはとても重要だし、そこをちゃんと考えていきたい。居心地の悪さを感じることもあるけれど、なにか答えというか、自分にとってのよりどころみたいなものが考え続けていれば、いずれはわかるかもしれないと思っている。

三月十三日㊐

朝起きて、日曜日の恒例、「日曜美術館」を観る。今日の特集は写真家の浅田政志だ。浅田さんを見るたびにいつもかっこいいなと思う。俳優やモデルに対しては、かっこいいと思っていい気がするけど、そのほかの人に対して(例えばミュージシャンやアーティスト)かっこいいと思うのは不純な気持ちな気がして、その気持ちをどうにか見ないようにしている。高校生のとき、好きになったバンドのボーカルがかっこいいとわかったら、わざとあまり聞かないようにして寝かせるぐらいには、ひねくれた性格をしている。

夕方、中野のLOUにいく。LOUにいくたびに、そのすばらしさにほれぼれする。既製品ではなく、この店にあわせてつくられた造作の家具と什器。作家もののぷっくりとしたカップと皿。トイレの引き戸にまで、そのこだわりが現れている。フォトジェニックを狙った、コンセプチュアルな店はあまり好みではないけど、この店はそういうハリボテっぽいいやらしさがない。隅々までこだわりが行き届いた空間は見ていて飽きない。何度いっても新鮮な気持ちになる。コーヒーとベーグルを食べて、気分がよくてビールも飲んだ。

こないだいっしょに池袋の中華フードコートにいった人から「飲みにいきませんか?」

とメッセージがくる。飲みにいくために中野から高円寺までの高架下横をEVISBEATSの「いい時間」を聴きながら歩く。わたしが走ろうと踊ろうとだれにも見つからない、いい時間。

三月十四日㊊

こんな気持ちのよい日に小杉湯が空いているなんて不思議。ひさしぶりの銭湯、あんなに空いているのひさしぶりに見た。スーパー銭湯みたいなでかくてエンターテイメント性の高い湯も好きだけど、昔ながらの銭湯も好きだ。こじんまりとしていて小回りが効くから、体が冷めないうちに、風呂から風呂へと行き来できる。

家で湯船に浸かるより、銭湯のほうが集中できる。家よりも喫茶店のほうが読書が捗ることに似ている。湯に身を任せながら、静かにやってくる限界を見極める。心地よいままにいられる、適切なタイミングを感じる。自分の快だけに集中できる時間。そういう時間は人生でもあまり多くないと思う。銭湯を出て、歩くのがとても気持ちいい。夜の散歩が心ときめく季節になった。

三月十五日㊋

冷たいうどんが食べたい。これもまた春の訪れのひとつの兆候だ。自分のやりたいことがわからないときは、どんなに小さなことでもいいから、目の前にあるやりたいことをひとつひとつ叶えるといい、と聞いたことがある。

だししょうゆにだいこんおろし、これは間違いなくわたしが食べたかったうどんだ。わたしはそばもうどんも冷たいのが好き。そばに関しては、真冬だろうが、必ずせいろを食べる。昔大好きだったそば屋は火事で燃えてしまった。それからどこでそばを食べていいか少しわからなくなっている。だからうどんのほうが食べる頻度が高い。

夜、日記を交換している人と会う。二人で七つ森にいく。毎日飲み歩いているような日記を送ってくれる彼らしく、朗らかで笑顔が似合いの気持ちのよいバンドマンだった。日記という手段をとらなければ、友だちにはならなかったような人と、親しみを持って話せることがうれしかった。どこかに飲みにいこうと、高円寺を北上する。お店に入っても、お店を出ても、夜中までずっと話した。

三月十七日㊍

快でも不快でも、この世に生を受けてから感じたことがない感情はまだまだある。

初めての感情に出会うと戸惑う。それと同時にまだ掘り進めてない箇所があったんだと驚く。経験したことないことばかりなのだから、感じたことがない感情なんて、無数にあるのが当たり前なのに、それを忘れている。ある程度、年齢を重ねて思うのは、喜びにも悲しみにも分類できない、あるいは喜びでも悲しみでもある感情が増えてきた。ピクサーの『インサイド・ヘッド』の、カナシミの裏側にはヨロコビがある、というラストにとても感動したことを覚えている。映画館で立ち上がれなくなるほどに泣いた。なぜそれほどまでに自分の心を打ったのかわからない。だけど、生きていることにおいてそれは救いだ。

三月十九日㊏

わりとはやめに起きたのに、何度か二度寝した。夢を二回記録した。夢の記録は現実と夢との境目がわからなくなるらしいからやめたほうがいいらしい。ようやく起きる気持ちになって、外が明るいことに気づいて、たまごサンドをつくった。近くの公園に持っていって、一人でピクニックをする。公園に行きすがら、幼い姉妹が「おどるポンポコリン」を歌っていて、白昼夢かと思った。あまりにも美しすぎた。

Bunkamuraル・シネマに濱口竜介監督の『ハッピーアワー』を観にいく。上映まで時間があったので、ジュンク堂で千葉雅也さんの新作『現代思想入門』と、近くにあった『ライティングの哲学 書けない悩みのための執筆論』をまとめて買う。

『ハッピーアワー』は二回の休憩を挟む、五時間の大作だ。いつかかならず観たいと思っていたから、すごくたのしみにしていたけど、あまりの長さに少し憂鬱だった。でもそんな心配は杞憂だった。時間の長さを感じる暇などなかった。人生の片鱗を突きつけられた気分だった。他者の人生、それも四人の人生が自分の人生に一気に流れ込んでくるような感覚がした。彼女たちの人生が再生されているあいだ、同時にわたしの人生もまた再生されていた。わたしの人生も引きずり出されずにはいられなかった。一人一人はただ一生懸命生きているだけなのに、すれ違い、傷つけあう。そのうえ、わざと傷つけあうことすらする。その事実に目を向けるのがしんどくて、なんなら吐き気すらした。明日でさえなにが起こるかわからない不明瞭さが、淡々と描かれているのがおそろしかった。そして、その不明瞭さはときにコミカルで滑稽すらあった。笑っていられるのは、フィクションだから。でも現実であってもたぶん笑うしかない。映画は他人の人生を追体験させる装置であるけど、それはおそろしいことでもあると、気づかされてしまった。わたしも他人のままではいられない。

三月二十日㊐

気持ちが悪い。気持ちが落ち着かない。『ハッピーアワー』のせいなのか、『ハッピーアワー』がトリガーとなって、見たくなかった現実を思い出させられているのか。はたまた、ただただそういう気分なのか。なんでもいいけど、どうしたものか。こうやってやり過ごすことはもう何度もやってきて、そうではないやり方が必要なときが迫っている。こういうとき、一人の時間が必要になる。窓の向こうの光を見つめるだけの時間。布団に埋もれて小さく呼吸するだけの存在。少しでも生の実感から逃れたい気持ちになる。

なんとか気分を変えたくて、まったく違うムードの映画を観ようと思った。ここ最近は、どうでもよくてくだらない映画が減ってしまった気がする。意味がありすぎて困ってしまう。Netflixのマイリストの中に『マーズ・アタック！』を見つけて再生する。ぜんぶ観てから思ったけど、これ観たことあるや。

三月二十三日㊌

昨日、ブロッコリーサラダをつくりすぎてしまったので、こないだ会ったバンドマンを夕飯に誘った。ボールにいっぱいのブロッコリーサラダはとても一人では食べきれない。しょうが焼きとみそ汁もつくった。だれかのために毎日料理をつくる生活はしたくないけど、だれかに手料理を食べてもらえるのはうれしいし、とてもありがたい。

自分が好きなことを話すとき、同じようにそれを理解している人としか話したことがなかった。こんなふうに興味を持ってもらったことがなかったので、理解をしようとしてもらえるのはうれしかった。普段は説明せずとも「阿吽」でわかってもらえることに甘えていたなと思った。興味の外にいる人と話すことも、もっと考えたいなと思った。宙ぶらりんな考えを宙ぶらりんのままにいったん留めておく。

三月二十四日㊍

夜、もう何年かぶりに会う高校の男友だち二人と片方の彼女に会った。わたしは事前に聞かされていたのにすっかり忘れていたのだが、結婚祝いの会だった。わたしたちはそういうことを伝えあうのが常に雑だし、あまり記憶しない。もうずっと会っていないし、連絡も取りあわないけど、お互いがお互いを友だちだと思っていて、確認しあう必要もない。そういうことを再確認した会だった。

彼女に彼がどんな高校生活を過ごしていたかを伝えるという名目で、たくさんの思い出話をした。思い出話はあまり好きじゃない。けど、自分たちが過ごした時間はやっぱり青春といってていいものだったんじゃないかと思えた。いまわたしがこうして好きでいるさまざまなカルチャーを教えてくれたのは彼だし、直接的な影響はないけれど、彼がいなければいまこういう仕事はしていなかったかもしれない。
今度婚姻届を書くからどちらかサインしてと頼まれた。どうやらそういうイベントが発生するらしい。わたしかもう一人の男友だち、どちらがサインするのかはじゃんけんで決めるらしい。

三月二十五日㊎
新宿御苑で友だちが花見をするというので、たまたま仕事で近くまできていたから、お昼がてらいっしょに花見をした。しょっちゅう会っていたのに、年明けて会うのは今日が初めてだった。一人は手づくりお弁当と、もう一人はパン。わたしはうどん。
今年はいきたいところにちゃんといって、やりたいことをやりたいねと話した。おいしいお店にちゃんと食べにいきたいし、各自でパンと具を持ち込むサンドウィッチピクニックもやりたい。大盆踊り大会は今年こそいきたいし、どこかに旅行にもいきたい。あとはずっとけらけら笑ってた。みんなそれぞれが仕事していて、このあと仕事をするなんて信じられない。

家に帰ると母親が届けてくれた蒸籠があった。新しく買おうと思っていたのでうれしい。もう肉まんって季節じゃないしな、茶碗蒸しでもやるか。

三月二十六日㊏

渋谷に濱口竜介監督の映画『親密さ』を観にいった。渋谷までバスに乗る。バスの中で聴いた坂本慎太郎がかなりよかった。

『親密さ』は『ハッピーアワー』よりも、言葉にしにくいものだった。実験的、といえばそうなのだけど、そう呼んでしまうとあまりにも小さくなりすぎてしまう。この映画でやりたかったことがおそらく多すぎる。「あなたはだれですか?」「わたしではないのですか?」あなたとわたしの境目にあるものを確かめるために対話をする。どこまでいっても「言葉」を発することでは、親密になれないことを知る。登場人物が映画の中でいった「言葉には限界があるんだよ」という台詞を、映画全体が示しているようだった。コミュニケーションの苦悩は、すべて愛してくださいの言い換えであるのに、愛し方を知らないことにあるのかもしれない。愛されたいと思っているのに、相手から好意が返ってこなかったことで初めて、相手のことをほんとうは愛してはいなかったと気づいたりする。

映画館を出ると雨が降っている。雨に濡れたまま、いま見てきた光景を反芻して、渋谷の街を歩く。家の近くまで戻って、ひさしぶりに馴染みの店にいく。馴染みといっても、店主はわたしを気にもかけないし、そこがとても気に入っている。わたしはお店の人に覚えられるのが苦手だ。

わたしはこの店主の考えや言葉を信じていて、この店で展開される言葉の多くをとても信頼でしている。今日は特にそうだった。店主がお客さんから、どんな人と付き合えばよいのかと相談されて、店主とそのパートナーの馴れ初めについて話していた。人を信頼できるかどうかは正直さであり、その正直さは言葉に出る、と店主はいった。どのように言葉を扱う人間なのか見極めることが重要だと。わたしは言葉に嘘をつかないようにしているけど、正直ではない。実際のわたしはかなり嘘つきだし、真実を明け渡しているようで、明け渡せていないような気がする。たぶんそれは隠せていないことで、バレていることも知っている。日記を読んでいても、それはわかってしまうと思う。「意味のない会話はしない」という店主は、ほんとうにずっとその通りだった。信頼できる人だと思った。ずっと意味のある会話が展開されていたせいで、持ち込んだ本はほとんど読めなかった。映画で「言葉には限界がある」といっていたけど、そのことをこの店の人たちはみんなわかっている。

三月二十八日㊊

昔の記憶。井の頭公園でベンチに座っていたら、目の前にコーヒーを手にしたカップルがやってきた。いやまだ付き合ってないのかもしれない。なんとなくまだこれからな雰囲気だった。

男の子が「これからどうしよう」と話しはじめる。

「そうだねー」

「てかおれ車出してもいいし」

「え、ほんと?ドライブいいね」

「じゃあさ海でも見にいく?」

「え、超いいじゃん? 時間大丈夫?」

「戻ってこれると思う、いく?」

「わたしこういうの好き、いこう」

「よっしゃ決まり、レンタカー借りにいこう」

彼ら二人は五分も経たないうちに、そそくさと池の前のベンチをあとにした。

二人が羨ましかった。海にはこうして誘われたい。

三月二十九日㊋

昨日、駅前で「最後の花火に今年もなったな」と歌っていたけど、それはまだ早いよ。ようやくこのままいけば、いつものように夏もやってくるだろうという実感を得たばかりだ。真夏のピークなんてまだ想像がつかない。季節は毎年やってきて、もう何年も体験しているはずなのに、十五度以下がこんなに寒いとか、二十度超えると暖かいとか、いまだにそういうことがわからない。寒さと暑さの境目は曖昧なまま。

マスクを外して「春の匂いだ！」と喜んだのも束の間、なぜだか初めて嗅いだみたいな気持ちになる。季節の匂いはこれがそうであるとわかるようでわからない。たとえば瓶の中に詰められた「春の匂い」を春の匂いだと当てることができるんだろうか。季節の匂いはいったいなにで構成されているの？　もしかしたら子ども科学電話相談ではもうとっくに解決されていることなのかもしれない。だけどわからないことはわからないままにしておく。季節が変わるたびに、こういう気持ちでいたいと思う。ひっそりと家を抜け出して、今日は自転車に乗り、桜を見にいく。一年にわずかな時間だけ、白く光る木が不気味だと思う。不気味で好きだと思う。

三月三十一日㊍
自分の結婚式に流すためのプレイリストが出てきた。無論、結婚の予定はない。願望も特にない。去年友だちの結婚式に出席したとき、同席していた友だちが「とりあえずプレイリストだけつくった」といってリストを共有してきたのでそのときみんなでそれぞれつくった。今日はなんともやる気が出なかったので、それを聴きながらカフェで仕事をした。一通のメールを送るのにどれだけの時間がかかっただろう。

〈いつかのウエディング〉

GUM／中村佳穂
うれしくって抱きあうよ／YUKI
接吻／Original Love & Ovall
Shangri-La／電気グルーヴ
第六感コンピューター／けもの
LA・LA・LA LOVE SONG／久保田利伸
つつみ込むように…／MISIA

逢引／折坂悠太
ばらばら／星野源
Love Song／Devendra Banhart
ダンスに間に合う／思い出野郎Ａチーム
人生は夢だらけ／椎名林檎

結婚はしてもしなくてもどっちでもいいのだけど、アメリカやイギリス映画に出てくるような広い庭がある家で、生バンドを呼んで夜通し飲んで食べて踊り続ける結婚式はしたい。

四月一日㊎
日記に書きたいことはたくさんあった。高円寺の駅前まで向井秀徳を見にいったらもういなかったこととか、そのまま雨の高円寺を散歩したこととか。夢にさらば青春の光の森田さんが出てきたこととか。三月一日に義理堅くやってきた春が、四月一日に急にそっぽをむいてしまったこととか。
でも日記を書く場所が急に奪われてしまった。Tinderのアプリを開いたら真っ白だった。ここで日記を書いたり読んだりするのが好きだった。だれかの夜を想像して、静かに一日を終える時間が好きだった。一対一のやりとりは苦手だけど、こうして日記というかたちをとれば、人と人はゆるやかにコミュニケーションを取ることができるというのがわたしの小さな救いだった。突然やめたりできないのはわたしのほうだ。それぞれの人生に今日も祝杯を。明日もよろしくお願いします。

Tinderからすべてのマッチがなくなって、「Tinder　バグ」と調べて、必死で復旧活動をした。無事にマッチしていた人たちは戻ってきた。いろんな人から「よかった」と連絡をもらった。でも何人か戻らない人がいた。よく日記を返してくれる人もいて、もう読めないのかと思うとかなしい。

四月二日㊏

鎌倉の桜というと、なんだかありがたいものに思える。桜はどこでも桜だというのに。鎌倉駅からバスに乗って、鎌倉山のほうへ向かう。快晴。バスの中からちりはじめの桜が見えるたびにうれしかった。これだけで十分だった。

鎌倉にきたのは、椅子と家を見るためだった。ジョージ・ナカシマの椅子と吉村順三設計の家。この場所にくる前に友人から「椅子のよさについて教えてくれ」といわれていたので、椅子のよさについてずっと考えていた。ジョージ・ナカシマの出自や経歴、大まかな作風を説明することはできる。だけど、なにを持って美しい椅子とするのか、そもそもなぜ椅子を美しいと思うのか、そのうえでこの椅子がなぜ魅力なのか、うまく説明できない。

バスで山を下り、江ノ電に向かう。鎌倉高校前駅で降りた。高校生のころ、学校をサボって、ここでアンバサを飲んでいたことがある。どうせサボるなら、どこでサボっても同じだから。卒業後もこうして、ここでなにをするわけでもなく、ただ海を見にきていた。自販機の前に立つと、アンバサはなくなっていた。

そのまま江ノ島まで向かい、夕方すぎのランチ。島を奥に進んだところにある、昔ながらの店。観光客向けの店は明るすぎて苦手だ。店内にはいけすと呼ぶにはかなり豪快な設備があり、磯臭さが充満している。手持ちの現金が少なかったので、ビールは我慢して、海鮮丼を頼んだ。生しらすはないですよ、といわれた。わたしは釜揚げしらすのほうが好きなので問題ない。

店から出ると、もう夕焼けがはじまっていた。ビールを飲みながら、沈んでいく日を眺める。どんなものを見ても、自然より美しいものはないと思う。海の青と夕日の橙が混ざってきらめいている。海を見て理由なく美しいと思うように、この世に美しい椅子があることを知ってしまったので、それを見たいと思っているのかもしれない。

4月某日

友達と飲んできました。そのときの話です。

会話の中で「じゃあ早くやればいいじゃん！いつも口ばっかりで何も挑戦してないよね！」と女が男を激励したんです。聞いたことのない声の震わせ方で。聞いたことのない語気の荒げ方で。もう、その言い方が独善の権化のようで。女の方は考えるよりも先に足が動くタイプで、わかりやすい挑戦心を前面に出す点は尊敬できるのですが、それこそが、思考よりも挑戦することこそが正義であると言わんばかりに言葉をぶつけていて。これを言うことが相手のためになるに違いないというマスターベーションにすら見えてしまう光景であり、相手の美学や流儀を顧みないままに議論を吹っ掛ける浅ましさ、よく喋るタイプのコミュニケーション障害もあるんだなと思ってしまうほど破綻した対話に、その女の方と今後は距離を取ろうと思ってしまったわけです。大好きな友達だったんですけどね。

それを踏まえてなのですが、ここからは日記さんがくれた身に余るうれしい言葉に対するアンサーになります。まず日記を書くきっかけをくれてありがとうございます。以前日記さんも書かれていたように思いますが、日記を書くことは視点を手に入れることだと。僕も本当にそう思います。一日のエピソードだけではなく、そよ風のような心の揺れ動きだったり、忘れがちな日々の変化だったりに目を向ける視点を自身にインストールできた気がします。思えばカメラをはじめたり、ラジオをはじめたときにもこういう新しい視点を獲得できて、その度に単調な景色が新鮮に、さらにいえば凝り固まった観念がほぐされ、生活の機微に敏感になれた気がします。たとえば、上に書いたような一連の拒否感。彼女はなかなかそういう新しい視点を得ることがないまま、ここ数年を生きてきてしまったのかなと思いました。文字では伝えきれないですが、あんな乱暴なコミュニケーションを取る人ではなかった。ちょっと悪い彼氏だったり、全肯定してくれる友達が周りに多すぎたり、いろんな要因があると思いますが、彼女は本当に変わってしまったんです。哀しい。僕は彼女のことは変えられないし、変える気力もないので今後は安全圏から傍観しようと思うのですが、やっぱり人の振り見て我が振り直せというか、自分は一つの視点に固執しないように新陳代謝を心がけようと思いました。その一つのきっかけが日記を書くことであり、それは自分を省察すること、視点の棚卸をすることにつながると思います。人の目があるこういう場では、いい見つめ直しができる気がします。今後ともよろしくお願いいたします。僕も日記さんの日記が大好きです。

四月三日㊐

ものすごく飲みすぎた。許容量まで飲酒をすることがなかったので、自分のキャパシティをすっかり忘れていた。友だちが高円寺までやってきて、日記で友だちになったバンドマンといっしょに飲んだ。とてもよい会だった気がするので、記憶がなくなってしまったことが物がなしい。

四月四日㊊

飲みすぎたせいで徒歩圏内の家に帰ることができず、友だちの家に泊めてもらう。朝、友だちの家を抜け出して、自分の家に戻る。会社に午前休の連絡をいれて、すぐに眠りについた。昼すぎには酔いはだいぶ落ち着いたので、シャワーを浴びる。

午後の勤務の時間がはじまって、経理の女性から電話がきた。「大丈夫?」と聞かれて、適当に体調不良だと答えると「それ、妊娠してるんじゃないの?」といわれて、面くらう。自分の人生と妊娠が遠すぎる。性病でそういう行為をまったくしてないとは言えず「婦人科の検査してるからそれはない」と返答した。わたしはこの経理の女性が好きだ。率直でとても大胆なところがあって、こざっぱりとした性格をしていてきれいだ。この人、おしゃべり好きだから、こちらもついついしゃべりすぎてしまう。

四月五日㊋

昨日友だちからＬＩＮＥがきていた。「婚姻届にサインお願いします！」と。そんな記念すべき日なのにもかかわらず、わたしは二日酔い、もう一人の友だちは鬼残業とのことで、今日に順延となった。

こういうとき、どういう格好すればいいかわからず、とりあえずジャケットだろうと、古着屋で買ったバーバリーのジャケットを羽織る。友だちの最寄駅まで着くと、駅前の回転寿司を指定されて笑った。わたしたちはことあるごとに回転寿司にいき、数々の思い出が回転寿司で形成されている。回転寿司で思い出がまたひとつ増えた。うちらは回転寿司が好きすぎるね。彼の友だち枠として証人欄に書けるのは一人だけなので、わたしともう一人の友だちでじゃんけんをした。相手はパー、わたしはチョキ。昔からこういうとき、臆せずチョキを出すタイプだ。「おい、チョキ出すかよー」という友だちの嘆きも読めていた。何年の付き合いだと思っているんだ。無事に勝者として、婚姻届に記入する。今年いちばん緊張した瞬間だった。

いつものように好きなだけ寿司を食べて、いつものようにだべってるのに、次会うときは既婚者なんだね。結婚ってすごい。結婚ってよくわからない。少し遠回りして帰ることにした。家でおいしいコーヒーが飲みたい。できるだけ深く眠りにつきたい。

四月六日㊌

スーパーに出かけたもののなにを買っていいかわからず立ち尽くしてしまう。スーパーの品数の多さに戸惑ってしまうことがある。とりあえず、安く売られていたにんじんと、なんとなく目についたソーセージを買った。プレーン、チョリソー、ハーブの三種の普段は買わないやつ。

家に帰ってきて、家にずっと転がっていた新じゃがを洗って、オーブンにいれる。部屋の片付けと湯船に浸かっているあいだに、オーブンにいれたじゃがいものことをすっかり忘れていた。器に移し替えて、バターを乗せて、レンジで温め直す。取り出すと、器の底がバターのプールになっていた。じゃがいもをバターに泳がせるとバターの甘い匂いがする。発泡酒をオレンジジュースで割る。熱々のじゃがいもを頬張る。食べ終わったあと、放置した食器からバターとオレンジの匂いがした。今日はこのまま眠ろうと思う。

四月八日㊎

高円寺のBLANKにイラストレーター坂内拓さんの展示を見にいく。絵の多くは水平線や地平線によって分割された、人や犬が描かれている風景画。淡いトーンのカラー。

遠くのほうを見つめる景色みたいだ。心情風景のようにおぼろげで、どこかつかみどころがない。どこか遠くを見ているようで、自分自身がどこか遠くにいったような気持ちにもなる。ギャラリーで坂内さんのイラストレーションがほどこされたビールが売られていたけど、たしかにビールを飲みながら、この絵を見るのはとても気持ちがいいなあと思った。

四月九日㈯

先週Tinderがバグって消えてしまったので、退避場所としてTwitterアカウントを開設した。もしまた消えてしまったら、わたしはここにいます。ここにいます、ということしかできないけれど。これからもTinderで日記は続けるので、Twitterはよしなに。Tinderで日記を送るなんてすぐ飽きるかと思ったけど二ヶ月も続いてしまった。終わりのことはひとまず考えない。自然とそのときがくるはず。三時までその作業をしていたのに、朝六時に目が覚めた。二度寝はできなそうなので、朝マックを買いにいく。今日はパンケーキセット。食べ終えて、ベッドのなかでメッセージを送る。そのあとは、シーツの感触を確かめる時間。意識がある状態で、なにもしないことでしか取れない疲れがある。

銀座のATELIER MUJI GINZAで行われているミッドセンチュリーのモダンデザインを紹介する展示にいく。そのあと、Sony Parkの玉山拓郎の作品を見て、G8のミロコマチコ展、gggの東京TDCをまわる。
三州屋にいき、銀ムツ煮付定食とビールで夕食。銀座にくるたび三州屋にきてしまう。隣の男性二人組の一人が「おれここ一人じゃ入れなかったからいっしょにきてくれてよかった」という。その横でわたしは一人で大盛りごはんを平らげる。

四月十日㊐
下北沢のBONUS TRACKで行われていた日記祭にきた。出店者の方と話していたら「日記書かれてるんですか?」と聞かれた。Tinderで書いていると答えるのは、あまりに唐突だなと思って、「書いてます」とだけ答えた。
イベントでトークを聞き、出店者の日記を読んでいて、それぞれの日記との関わり方があるんだと思った。「日記とはなにか」「おもしろい日記とは」と考えてしまう。特におもしろい日記というのはむずかしい。日記は日々のことを綴るという点で、取るに足らないことだし、取るに足りなさのなかに、おもしろさを、しかも読み手にとってのおもしろさを見出すのはかなりむずかしい。どうしてわたしの日記なんか読んでるんだろうと思う。わたしの日記は読み手全員がわからないであろうわたしが興味を持っていることと、生活にとって普遍的なことを織り交ぜている。それが「わたしの日記」であるという印みたいなもの。そこにわたしは日記のおもしろさを見出しているのかもしれない。トークのなかで「日記を書くことは日記を書く視点を手にいれること」だとだれかが話していた。日記を書くということは、日々を過ごすなかで、残しておくことを取捨選択することであり、日々を選び直すことなのかもしれない。

四月十一日㊊

小杉湯から出ると、深夜一時をまわっていた。駅前でタバコ吸っていると、一人の男がこっちを見ている。相手が二本を吸い出したタイミングで声をかけられる。「仕事終わり?」「日曜だよ、休み」「なにしてんの?」「小杉湯にいた」「ここで声かける人みんな小杉湯にいる、そんなにいいの?」「わたしは小杉湯の湯の温度が好きなの」「湯?」「うん」

こういうとき、なにかを高価に売りつける人か、宗教勧誘かと思う。本屋でイケメンにナンパされた友だちは、後日お茶をしたら「神を信じる?」と聞かれたらしい。帰るの?と聞かれて、これから寝るんだよと答えて解散した。連絡先を聞かれたけど、宗教勧誘なんでしょ？　といいながら断った。

四月十三日㊌

ふたたび高円寺のBLANKへ。millitsukaさんの展示にきた。millitsukaさんの絵は、あざやかなグラデーションで表現された、異世界的な空間と顔のない女の子や気の抜けた生物が描かれている。愛らしくておかしみがある。本人も在廊していたので、二人で絵を見ながら話をした。わたしが前いった展示では、デジタルの絵を出力したものだったが、最近はせっかく展示を見にきてもらうなら、スマホの中では見れないものを見てほしいと、アナログで作品をつくっているという。表現するものやモチーフ自体は変わらないけど、手法が違えば見えるものが違ってくる。迫力が違う。出力では表現できない、マテリアルがもつ力ってやっぱり強い。

「距離を変えてみると見え方が変わりますね」というと、デジタルとアナログのグラデーションでは、粒子の情報量が違うから、そういう印象を持つのかもしれないとmillitsukaさんはいう。millitsukaさんは小学生のころにゲーム空間を散歩できるインターネットゲームにハマっていたそう。ずっとそういう世界を表現したいと思っているのかもしれない、その距離感の話もそういうところに通じるかもしれないですね、と話していた。グッズで販売していたアクスタ、どれがおすすめですか？　と聞いたら、「選べないから三つつくったんです！」といっていて、とても可愛らしい人だった。家のモチーフを買う。

四月十四日㊍

今日の日記はどうしようかと思って、「me and you little magazine & club」の日記やほかの人の日記を読んでいた。ほかの日記に日記のネタを探しにいくのは、それはもはや日記なんだろうか。でも日記をやっていておもしろいのは、日付さえそこにあればそれは日記で、日記を定義しようとすることすら、特に意味がないこと。人から日記を送ってもらうとき「日記ってどうやって書けばいいですか？」とか「日記ってこれで大丈夫ですか？」とか聞かれるのが不思議だった。なんだって、あなたが日記として書いたなら、それは日記だよ。わたしに許可を求める必要なんて、まったくないんだよ。わたしたちはずっと自由だよ。

今日あった出来事といえば、雨で急に気温が下がって、あんよが冷たかったこと(冷たい足に対して、とっさにあんよが冷たいと思った)。たけのこごはんとなすとピーマンの煮浸しをつくり、つくり置きのさといも煮、きゅうりのピリ辛和えといっしょに食べたこと。シャワーを浴びて、カネコアヤノの「祝日」と折坂悠太の「トーチ」、青葉市子バージョンの「サーカスナイト」を弾き語りしたこと。ギターがあると、歌うことに必然性が生まれるので気持ちがいい。

四月十五日㊎

前期の仕事のフィードバックがあった。とても自由に過ごしているが、歴とした会社員である。評価に応じて、給料が反映されるのだ。思ったより評価されていたことや、もっと評価してほしいと思っていたことがちゃんと評価されていたことを知る。評価するなら、そういう仕事がほしいのだけど。わたしがほしいのは言葉ではない。まあそれでもほめられるのはうれしいはうれしい。

わたしはとても仕事ができない、というか一般的な挙動が備わっていない。滞りなく進めるのが苦手、というかできない。なにかをしたらなにかを忘れる。みんなどうやって生きているのだろうと思う。なにかを滞りなく進めることができないことは自覚しているし、まわりもそういう人だと思っているので、だれかがなにかしら気づいてくれたり、リマインドをくれたりして、どうにかやっている。こうして書いてみると、まわりの人に実は助けられて生きてるんだなあと思う。わたしは自分ができないことを知っているから、まわりの人がミスしたり、忘れたりしても、怒らないし、不機嫌にもならない。「わかる〜」って返しちゃう。指導やマネジメントの必要がないのもあるけど。わたしが仕事で怒るときは、単純にやる気がないとき、理不尽なとき、それ脳みそ経由して考えたのか？　みたいな安直なことをいわれたときくらいである。そういうときはけっこうキレているので、みんなにけっこうびっくりされる。まあキレてもなんとなく許してもらえるって恵まれてる。なにをしても、まああの人はしょうがないからねというポジションの人がいるが、まあまあ自分はそういうところに位置するらしい。たしかにほかの人と比較すると、自分は他人に甘えることへの抵抗があまりない。いいところばかり書いたので、いいように見えるけど、それでも辞めたいと思うので、働くことはむずかしい。

夜、日記を交換する人と、東中野のアフガニスタン料理屋にいく。大きな広間にペルシャ絨毯が敷いてある席を予約してくれていてうれしかった。お酒が強いという彼につられて、赤ワインをじゃんじゃん飲んだ。飲み足らず、中野までタクシーでいき、日本酒バルに入り、閉店で追い出されると、高円寺のバーまではしごした。会うまでは、彼の学歴と職業から真面目な人なのではないかと思っていたけど、わたしの冗談によく笑い、よく冗談をいう人だった。「思ったよりよく喋りますね」といわれた。日記を交換している人にいわれがちなのだけど、わたしはクールな人に見えるらしい。気がついたら、自分の将来の相談をはじめていて、朝四時まで飲み交わしていた。閉店で店を追い出される。始発まで時間があるけれど、彼はどうにかなります！ といって、どこかに消えた。

四月十六日㊏

二日酔い、というか昨日のお酒を消化しきれていない。体内にアルコールがまだいる。でも二日酔いと呼ぶほど悪いものでもなく、気持ちいい酩酊状態かといわれれば、それもちょっと違うみたいなお酒の残り方。目覚めたけど、なにもやる気が起きない。でもそれももったいない気がして、お湯を張って、いまはその中にいる。ちびちびと水を飲みながら、これはなかなか気持ちがいい。風呂は入るまでがめんどうすぎるのに、入って得られる対価が大きい。愛せる。お湯、ほんと最高だ。お湯といえば、白湯もうまい。白湯は白湯という名前がよくない。洒落臭い。でも、白湯という響きが好きだ。凛としている。あたたかいくせに、涼しげである。自分を名づけるなら、白湯と名づけたいかもしれない。

四月十八日㊊

目覚めると、幸福感に満ちていた。なぜかは自分でもよくわからない。昨日なにをしたとか、今日なにがあるとかではない。具体的な事象はなにもない。ただしあわせという感覚がそこにある。夢は見ていたけど、そういう夢ではない。雨も降っている。月曜日で仕事だし。寒い。わからない。目覚めの多幸をなんとか留めておきたくて、もう一度眠りにつく。目覚めると、まだしあわせな気持ちが続いている。どうにか思考を手放して、そこに留まり続けるように、しばらく横たわっていた。この中に居続けることはできない。

四月十九日㊋

払いそびれていた家賃を振り込んだ。洗い損ねていた洗濯物をコインランドリーで洗った。帰り道はどしゃ降りだった。雨音を聞きながら、読書をしようと思ったら雨が止んでいた。最近は知識欲というか好奇心というか熱がなくて、文字が読めなくなっている。

四月二十日㊌

ここ数日の暮らしがぎりぎり。できる限りなにもしたくない。なにもやる気が起きない。自分の人生までなんなんだろうとうっかり考えはじめてしまう。ずっと寝てたいし、ずっと寝てたいなら、別に生きてなくてよくね？　ＢＡＤモードはすぐそこに。いつも出番を待ち構えているけど、どうにかそいつをなだめすかす。日記を送ってもらってると、どうやら調子がよくないのはわたしだけではないらしい。なんとなく全体に不調ムードが漂っている。あなただけじゃないよと声をかけあうわけではなく、おのおのの暮らしがゆるやかに重なることがある安心感。日記受取人の特権。

四月二十三日㊏

カレーづくりと洗濯を無事終えて、六本木に向かう。あいかわらず、六本木は苦手だ。歩いていると「マイク・ミルズを観ろ！」という啓示があり、おとなしくそれに従うことにした。映画まで時間があるので、趣のある喫茶店に向かう。

休日でどこもかしこも混雑していた六本木なのに、店に入ると若い女の子と店主しかいなかった。店主がさまざまな映画の曲をかけながら、女の子に熱心にうんちくを語っている。「これいいでしょ？」といいながら流れてくる、白雪姫、不思議の国のアリス、マイ・フェア・レディ、ウエスト・サイド・ストーリー。女の子もたのしそうにしている。特に興味はありませんみたいな顔で読書をしながら、わたしもこっそり乗らせてもらった。会計のとき、たのしかったですと一言いうと、店主さんが微笑んでくれた。

マイク・ミルズの『カモン カモン』は姉の九歳の息子である、甥っ子のジェシーという男の子を預かることになった男の話。叔父と甥っ子の共同生活。叔父は子どもたちにインタビューするラジオインタビュアーをしていて、アメリカ中の子どもたちの声を集めているという設定があまりにもにくい。最高の映画は一音目から完璧なので、最初のフレーズを聞いた瞬間から、これはぜったいにいい映画だと確信した。やっぱりその通りだった。

叔父を演じているホアキン・フェニックスがわたしはとても好きだ。すごくチャーミングでセクシーだから。ホアキンのセクシーさは弱さにあると思う。弱さを弱さのまま持って表現する人だと思う。だからいつもその弱い男っぷりにやられている。同じような理由でアダム・ドライバーも好き。男の人がモテる男の人を見て、あんな奴のどこがいいの？ といったりするけれど、わたしが思うにそういうモテ男の共通点は弱さだ。弱いまま、そこに居続ける事ができる。弱いまま、そこに居直ることができる強さを持っている。弱さを弱さのまま引き受けることができるという強さを持っている。だから弱いままでいられる。母性本能をくすぐるということはあまり好きではないが、そういう本能的に惹かれてしまうものがある。弱さと愛おしさはとても近いところにある。

映画のなかで、叔父に甘える甥っ子を見ながら、わたしは恋がしたいのでも、恋人がほしいのでもなく、赤ちゃん返りしたいのかもしれないと思った。子どもに返って甘えても許してくれる人がほしい。主人公の姉が子どもの行動に対していった「それでも僕を見捨てないか試しているのよ」という台詞が自分のことのように思えた。あなたはわたしが甘えても許してくれるだろうかとどこかで試している。わたしがあなたに与えようと思っているものはなにひとつない。ひどいわがままだ。ただわたしも与えられるものも持っていないと思う。

四月二十四日㊐

いま『カモン カモン』のサントラを聴きながら、ビールを飲んで、この日記を書いている。映画のサントラを聴いていると自分の人生がよきものになった気がする。ビールをビールグラスにいれて飲むとお店で飲んでる気分になる。人生はこのようなライフハックをいくつ見つけられるかにかかっている。

四月二十五日㊊

最近は窓を開けて、生活している。外気の気温で過ごせることが気持ちいい。そして、これはとても一瞬のことだとわかっているから切ない。もう少しこのままでいてほしいと願う。外から夕方の空気とともに、生活の音や匂いがやってくる。夕飯どきのしょうゆが混じった匂いがする。今日はうちもなにか和食にしようと思う。かちゃかちゃと皿同士が擦れる音がするとうらやましい。わたしはまだぜんぜんごはんなんか食べられそうにないな。わたしもそうしてだれかの生活にお邪魔しているのかもしれない。だれかの存在に憂鬱になることもあるけど、だれかの気配に救われたりする。隣人もまた隣人の人生を生きている。わたしもあなたも同じように生活を営んでいる。他人に対する想像力はこの延長にある。おぼろげにしか感知していないとしても、その姿を想像すること。見えなくとも、そこにたしかに存在している。

四月二十六日㊋

福尾匠さんの「日記の書き方」をまとめたツイートを読んで、自分も同じようにして書いているところがあると思った。わたしが日記をはじめたのは福尾さんの影響であるし、福尾さん的な日記のあり方がどこか日記だと刷り込まれているし、そういう日記に憧れている。無意識に同じようなことをしている、これが影響を受けるということか。言語として「こういうふうに書くのだ」と教えられなくとも、そうやって学習していくのだと、なにかを学んだことがある人なら当たり前に気づきそうなことを、いまさらたいそうなことのように気づいた。そして、日記を書くようになり、ほかの人の日記を読むようになって、わたしにとっての日記のありようが変わっていく。こうやって自分の中に再構築されていくことが個性か。何度も聞いたことがあることをようやく自分でも体験する機を得た。わたしはいつも一周どころか、二周、三周遅れだ。なにかを身につけることをさぼり続けた怠惰の結果。

Tinder上での日記は、そもそも対人間とのちまちましたチャットのやりとりや、セックスするしないのせせこましい駆け引きに疲弊してはじめたことだけど、いまは「日記を書く」こと自体に意味を見出しはじめている。そして日記を読む読まれるというゆるやかなコミュニケーションに心地よさを感じている。それにTinderで日記を書くことのよさは普段は日記など読まないような人も少なからず読んでくれることがおもしろい。日記を送ってくれたり、コメントをくれたり、ハートが飛んできたり、明確なリアクションがあって、日記を書き続けたい人にとって、Tinderで日記を書くことはかなり画期的なシステムだと思う。Tinderでの日記交換はわたしの専売特許ではない。みんなもこうしてコミュニケーションをとったらいいのにと思う。

四月二十七日㊌

寝汗をかいて目覚めると、夏には抗えないんだと思う。気持ちいい、と思った次の瞬間には気持ち悪さに抗えなくなる。だから夏場は（いまってもう夏場なの？ 信じられない）だいたい起きたらシャワーを浴びるのだけど、シャワーを浴びたら、温水が心地よくて、シャワーから出られなくなる。身をシャワーから引っ剥がして、浴室を出る。化粧水をつけて、ドライヤー。もうショートにして何年も経つけど、ショートでもドライヤーがめんどくさい。暴れまわった寝癖のあとがすっかりなくなったまとまった髪を見て、やっとここまできたと思う。腹が減った。じゃがいも。友だちが彼氏の運転で長野にいる友だちに会いにいくんだって。いいな。暇はあるけど、車もない。免許はあるけど、運転できない。助手席に飛び込んでくる、青い山。サービスエリアで食べるソフトクリーム。長野で落ちあう面々。「いいなー！」とだけ反応して流れるスクリーンを眺めるだけ。クソみたいなオンライン会議の傍で。会議中にタバコが吸いたくなって、思わず口元に持っていくところだった。前はタバコ一箱吸い終わるのに、半年とかかけていたのに、このところ一週間で吸い終わる。タバコじゃなくて、CBDとかにしたら？　でも火によって燃やされた煙を吸うことに意味がある。そこには熱がある。電子タバコを吸う人間を信用していない。それはニコチンの人。わたしは煙の人でいたい。タバコってそもそも神と繋がるためのものだし、神聖なもの。タバコを吸っている瞬間はここから抜け出すことができる。煙とともに思考が離れる。自分が自分でなくなる瞬間をいくつ持ってる？　飲み会の貰いタバコも好きだけど、一人でいまはたった一人なのだと思いながら吸うタバコが好き。タバコの銘柄はナチュラルアメリカン　スピリット。でもなくても生きていける。それも知ってる。今日は仕事が終わらない。連休前は予想外。はらへりはらへり。洋食屋でサービスセット。六八〇円。地元の定食屋に似ている。業界人ぽい男が二人。客層がぜんぜん違う。あとからやってきたキャップ被った男の子二人が薬物の話してて草。客層がぜんぜん違う。千切りキャベツの横にあるふにゃふにゃになったスパゲティーが好き。あれなに？

四月二十八日㈭

フロントガラスに「神様」とある紙が貼られているトラックが通った。よく見たら「神秩」だった。いや「神秩」ってなんだ。神様が乗ったトラックはどこにいくんだろうか。トラックと神は、あまりにも離れている。トラックと地獄だったら、正直納得してしまう。地獄行きのトラックはありそうだけど、神様行きのトラックはきっとない。でもトラックで走る首都高はもしかしたら天国なのかもしれない。もしかして、神様もそれを見たかったのかな。神を乗せて、東京のビル群のはとバスツアーならぬ、はとトラツアー？　それが見たいのは神様じゃなくて、わたしだけどね。薄暗くてオレンジ色に光る、夜の車線に憧れている。すぐ真横に立つ、ところどころ光るモノリス。てか「神様」ってなんだ。

四月二十九日㊎　昭和の日

「セックスしたいと思ってるよ」といわれた。真っ暗な部屋でロウソクだけついている。わたしたちはカーテンに包まれながら、窓辺でハイライトを吸っていた。灰皿にしている、あまりにも大きすぎる缶。業務用のコーン缶。先に見えるお店の明かりを見ながら「わたしはあなたとはセックスしないよ」と答えた。イエスと言えるほど、気軽に関係を変えたくなかった。その理性が働くほど、欲情に飲み込まれることがなかった。よくいえば、友だちのままでいたい、悪くいえば、友だちのままでいられるほど、あなたに欲情していない。欲望しないセックスはしない。友だちのまま、シガー・ロスを聴いていたいし、友だちのまま、オダギリジョーがマジいけてるって話をしよう。それが尊いものだとわたしは知ってる。外に出るともう雨は上がっていた。タクシー乗り場で男女がいちゃついていた。二人を笑って、おやすみといって別れた。あなたが書く日記をこれからも読むよ。

四月三十日㊏

朝起きて、晴れがもったいないから、モスバーガーを買って、近くの公園で『ひらやすみ』を読んでいた。男の子が飛ばしていた竹とんぼがわたしに当たって、お父さんが謝りにきた。気にしないでくださいね、といって、竹とんぼを返した。シートの上で思う存分にくつろぐ。ちいさな女の子がわたしを見る。猫は人間を大きい猫だと思うそうだが、その子もわたしを大きい子どもだと思っているのかもしれない。

渋谷で『The Thinking Piece』という展示を見にいった。デザイナーがコンテンポラリーなプロダクトを販売し、その売り上げをウクライナや周辺国の人道支援のために寄付するというプロジェクト。ここでいうコンテンポラリーなプロダクトとは、デザイナーがデザイナー視点で制作した一点もののアートピースのようなオブジェや小ロットの生産品。わたしがいちばん好きだったのはwe＋が制作した「Swirl Vase」という花瓶だった。水流によって生み出される渦をアルミで象ったもの。水が流れるという自然の摂理を可視化し、そのまま花瓶として定着されている姿が美しい。we＋の作品は視点を変化、あるいは視点をジャンプさせてくれるようなものが多いけれど、その視点そのものが詩的であり、それが美しいと思う。

そのまま渋谷で、結婚して長野に移住した男の子が東京に帰ってきたのでひさしぶりに会うことになっていた。結婚も移住もぜんぶインスタで知ったことだったから、結婚と移住のことの経緯を聞く。その子がわたしを含めたほか三人に「結婚したい？」と聞くので、全員口を揃えて「いや別に」と返答したら笑っていた。その子に結婚話を聞くはずが、彼に我々の三者三様のどうしようもない恋愛観を掘り下げられる。「この人とはずっといられると思って結婚したけど、ほかにもそういう人が現れるかもしれないと思う、そういうときはどうすればいいと思う？」と彼は聞く。つがいとして生きると決めても、どんなにいまがしあわせでも、そういう可能性はお互いにあるという残酷さをどう受けいれたらいいんだろう。もちろんそれがやってこないことを願えばいいのかもしれないけど、なぜか人間は都合よくつくられていない。そもそも破綻しているのだから、破綻する可能性を受けいれながら生きるしかないのではと思う。

五月一日㊐

実は結婚していたのだけど、その相手と会わなすぎて、その事実をずっと忘れていた。友だちに指摘されてびっくりしながらそうだったと思い出す夢を見た。妙にリアルでありえそう。もう一度眠りについて起きると十二時になっていた。日付を見ると「五月一日」。映画を観よう。でも渋谷や新宿には近寄りたくない。

吉祥寺で『アネット』の券を買う。最後の一枚だった。上映まで一時間半ほどあるので、ひさしぶりにpiwangにいくことにした。ピワンのカレーはピワンのカレーとしかいいがたく、わたしのナンバーワンカレーは間違いなくピワンである。ちなみにナンバーツーはインド富士子。水道橋に移転してしまってかなしい。ピワンのサラサラとしたルーでごはんをかっこむ。ギリギリまで二種それぞれのカレーをたのしみ、真ん中のごはんを解体し、ふたつのルーを合流させる。この瞬間を何度でもやりたい。

『アネット』はいろいろ思うことはあるけれど、とにかくもうアダム・ドライバーが見れてしあわせ、ということに集約してしまう。エロい。ずっとエロい。なんてこいつは色男なんだ。もうおれはずっとそういう目でしか見れない。アダム・ドライバーはいつだって不器用で愛する女を愛することができず、激昂し、混乱の中で、自分勝手に破滅していく。美しく均衡が取れた整った顔ではないからこそ、そこにいくつもの顔を見出してしまう。はにかんだ顔も、怒りに満ちた顔も、どちらも等しくセクシー。無駄に大きく長い手足もセクシー。暴れさせたら野獣のようでセクシーだ。肉欲的で破滅的な愛を演じるアダム・ドライバーをスクリーンで見続けられる限り、わたしはずっと大丈夫だと思う。現実の世界で肉欲的で破滅的な愛を求めなくて済む。できるだけ穏やかな愛がほしい。

五月二日㊊

先日連絡がきた、過去、セフレ関係であった人とごはんにいくことになった。彼がいきたがったお店はことごとく定休日だったので、わたしがいくつか店を推薦したら「中野と杉並にはいけない病なんだよね」といわれた。病じゃしょうがないね。

「どうして連絡くれなくなったの?」「いっかい落ち着けたくて。会いすぎだった」「それはたしかに。なんでいま連絡くれたの?」「うん。適度に時間があいたのがいまだった」どうして性病になったの? とか、お互いの近況報告を適当にしあう。あいかわらず、飄々として、目がガラスのように死んでいた。そこがよかった。

五月三日㊋ 憲法記念日

わたしも噂で聞いた程度なのだが「日記」という人はどうやらあまりしゃべらず、あまり笑わない人間だそうだ。聞けば、Tinderで日記を送るという奇行を行い、愛とセックスに飽きた男たちの慰みものとなっているようだ。その人物も人間なので、最近はエロい出来事も起こったりはするようだが、基本的には飯を食い、洗濯物を干し、洗い物を洗い、風呂に入り、たまに仕事をして、生活するだけの日記だ。ただ日記からは「野暮なことは聞くべからず」の雰囲気が漂っており、一部の男たちからは恐れられているとな。わたしが知る「日記」という人物はよくしゃべり、よく笑い、よく食い、よく飲む。けらけらと、箸が転がっただけで笑うような人物だ。七輪よりも大きいと、八輪。げらげら。そうだから気をよくすれば「カラオケにいきたい!」というし、(選曲の)リクエストもお待ちしています。奇妙礼太郎の「エロい関係」を聴きたかったけれど、それはなかったので、YUIメドレーがかわりに流れた。そうして、お菓子のお礼と湖の約束をして、快速が止まらない街へと帰る、あなたの背中を見送る。こちらを振り返り、手を振ったのが、最後に見た姿であった。

5/3㊋

昨日は変な時間から飲酒をしてだめだったので、寝起きもだめ。だめだ、だめだと唸っていたら日記ちゃんからレモンケーキ情報が送られてきた。人生は、などと主語を大きくしてしまうが、人生は面白い転がり方を観察できる瞬間こそ甘美だと思う。因果は巡る糸車といえども、制御できないパラメータが回す風車を見るために生きているといっても過言ではない。

バタフライエフェクトならぬレモンケーキエフェクトが起きて、僕はついに日記ちゃんに会った。これぱかりは邂逅の二文字が似合う。小柄で黒髪、心の扉は重くて固い。滅多なことでは歯を見せず、ネットミームには距離を置く。お茶漬け一杯でおなかを満たし、読みたい本があるから帰ると溢す日記ちゃんとの邂逅。馬鹿よ貴方はで言えば平井“ファラオ”光、かが屋で言えば加賀、ピースで言えば又吉がくると思っていたら綾部がきた。毎日、百人の男に日記を行き渡らせる綾部がやってきた。

小柄でおしゃれな髪色・髪型。心はどうやら開放してくれていた。ちいかわの真似に手を叩いて笑い、閉店までいろんな酒をたのしむ。少しずつ色んなつまみを頼む姿勢に酒呑の素質が見て取れる。映画監督やアーティストに詳しいのはそうだろうなという感じで、軽音楽部だったのもなんとなくわかる。でも日記の答え合わせを野暮だと、笑止だと諌めることもなく、これまたぐわんぐわん揺れながら笑い、カラオケにいこうなどと愉快な提案をしてくれたのは怖くて泣いちゃった。

　嘘です。嘘じゃないけど。いい裏切りばかりでたのしかった。なんでしょう、こんなリズミカルで屈託のない飲みになるとは思ってなかった。最高です。また。

五月五日㊍ こどもの日

朝目覚めて「今日はなにしよう！」と思うのがしあわせ。なにもない、自由が好き。映画を観ようと思って、朝はやく着いてしまったアップリンク吉祥寺で『パリ13区』を観たら、セックスばかりで笑ってしまう。R指定だった。愛のジプシー。きっと愛してはくれないのに「Je t'aime」なんていわないで。最近、神様はどうして性欲と恋愛感情を分けたのって思う。恋愛感情のふりした性欲はもうノーセンキュー。同じだったらこの世のあらゆる苦しみがなくなる。古今東西、男がひさしぶりに連絡するときは「元気？」と送るらしくて笑ってしまった。だけど元気って送れるのは羨ましく思うよ。あれこれ理由をつけたらダサいからね。

NEW YORK JOEに古着を出して、千円ちょっとに変えてもらう。RAGTAGで防寒としてはなにも意味をなさない、TANのニットベストを買う。なにも意味をなさない服を最近ようやく買えるようになってうれしい。高円寺のトレファクスタイルでagnès b.のワンピースを買った。通り道に古着屋が多発している高円寺は魔窟。伊勢丹新宿店で買い物できないかわりにだれかが伊勢丹で買った服を二次流通で買う。

家に帰って昨日できなかったニット類の洗濯の続き。ほぼ全裸で電気グルーヴを爆音で流しながら洗う。これは踊りとほぼ同義。なかなかの達成感がある。

自転車で爆走しながら、阿佐ヶ谷のgionに行こうと思ったけど、直前でだるくなってやめる。帰りにひさびさに藤本壮介設計の住宅を見た。何度見てもすばらしく好き。夕日の西日が差す。美しい住宅を建てることはひとつの社会的貢献だとわたしは思う。家でビールを飲みながら古橋悌二の『メモランダム』を読み返す。わたしが愛してやまない古橋悌二については書き出すとキリがない。友だちに「愛の話をしよう」と送って無視された。

五月七日㊏

神楽坂で行われている展示『惑星ザムザ』に向かう。神楽坂に着くころ、雨が降り出す。神楽坂は来慣れた街だけど、通ったことない道も多い。知らない道を進んで、会場を目指す。会場は元印刷工場。坂の途中にある、大きな建物だった。「ザムザ」はカフカの『変身』の主人公の名前から取ったそうだ。この展示のテーマは「変身」。展示会場はぜんぶで六階あって、一フロアごとに三組ほどのアーティストの作品が展示されていた。いちばん好きだったのは横手太紀さんの作品。前に藝大の卒展で作品を見たことがあって、そのときから横手さんの作品が好きだった。青いビニールシートが無造作に丸められ、うごめきながら同じ場所をまわっている。ものがまわるという運動がそこにはない〝なにか〟の存在を感じさせる。気配だけがそこにあるようで気味が悪い。そこに惹きつけられた。いちばん最後のフロアはＤＪブースになっていた。控えめに見る人と控えめに踊る人しかいなかったので、わたしも踊ることは控えた。外に出ると、なんだか違う時空を旅していたように、さっきまでとは違う感覚がした。

高円寺に戻って、Yonchome Cafeで『クリティカル・ワード　現代建築　社会を映し出す建築の１００年史』を読む。建築の本を読んでいると前提とされている知識が多すぎて、知らないことが多くていつも困るので、こういう本があるとありがたい。店を出て、高円寺の街を散歩する。空が雨上がりの表情している。まだ少し明るい時間から飲んでいる人たちを眺めるのが好きだ。土日の高円寺は住んでいる人も外からくる人もごっちゃになって、生活と遊びがあっていい。

五月八日㊐

高円寺の北口広場でジャズフュージョンを聞いていた。飲みの約束をした友だちが三十分遅刻している。今日は美容院にいったので、どうしてもだれかに見てほしかった。だから遅刻なんて気にならないし、音楽を聞きながらたのしく待っている。横でおじさんが「なんでだめなんだ！」「おれにやらせろ！」と叫んでいる。気がつくとそのおじさんのまわりに顔見知りのおじさんらしき人がいて、その人をなだめていた。こういう風景があるのが、高円寺のいいところなんだろうなと思う。排除されることなく、そこにいることができる、そこで対話ができる駅、いくつあるんだろうか。わたしは高円寺には居場所がないと思っているけど、高円寺はわたしを拒絶もしていない。

友だちはわたしを見るなり「かわいい!」とわたしがいちばんほしいリアクションをしてくれた。髪を切った日はかわいい以外の言葉はいらない。女の子同士は最高。赤のインナーカラーをいれた。いつか赤をいれると決めていた。強くなりたかった。せめて強くなりたい。でもほんとうにかわいいんだ。推せる。かわいい髪型は正義だよ。

最近よく恋愛感情がわからなくなったという話題になることが多い。彼女もそうだった。それは自分を愛することができなければ、人を愛することができないというあまりにも残酷な原則がある。自分を愛することができれば、他人なんて求めない。たしかにそうではあるのだが、たしかにそうであっても、どうやっても自分を愛することと以外に解決策がない。そう何度も結論づけられる。焦点をずらしても、その問題に戻ってくる。答えのない問いを止めるには、諦めて自分を愛するほかない。セルフケアだとか、自己肯定感だとかが、それを勝ち得ることができるかは後天的ではあるけれど、これまでの個人の環境に大きく依存してしまう。わたしはそれなりに努力によって、この問題には向き合ってきたけど、それもわたしの環境から生じた運のよさで努力することができたのだとも思う。こういうときはわたしがただただ相手を「好きだよ」といってあげられたらいいのに。淀みなく愛を伝えられる人がうらやましい。どんな世界だってすばらしくできる。「泊まっていい?」と聞く彼女に「帰りなさい」といって、二人で駅まで走った。終電の駅ダッシュはこの世にあるたのしいことのひとつだ。(騒いでごめんなさい)

五月九日㊊

とてもかなしいことがあった、と思ったけれど、自分のなかで、この出来事をかなしいことだとは思っていない。Tinderでの日記の交換という酔狂な行いが運んできた、とても愛しくおかしみのある夜だった。この日記も読まれるものだから、もはやわたしは日記ちゃんではなく、今日は手紙ちゃん。それも今日だけは許してほしい。でも伝えるべきことはすべて伝えたから、これ以上は記述しない。わたし視点の話はひみつだ。わたしが感じた居心地のよさが、あなたもそうであったと信じて、そうしてゆるやかにとびらを閉じて、人としての信頼関係になっていくさまを見届けることができたら、いいなと思う。帰りぎわ、あなたに起こった、ちいさな不幸がわたしからの復讐。

涙は今日で終わりにして、来週の月曜日もたのしみにしています。明日も日記を送ります。

5/9㊊

もう向こう十年はカラオケに行きたくない後悔と友人宅の絶望的な床の固さに全身を傷めながら起きるが、GW明け初日だというのに虚偽の始業連絡をしてまた眠りについてしまう。

起床後の萎縮しきった脳みそに、せめてもの罪償いのためにカフェで作業をしろと話しかけていると、日記ちゃんからのDM。真っ白なトーク画面に浮かぶ赤っぽいアイコンは日の丸のようだ。敬語での誘い。それは3/4(金)にはじまった奇譚が最終章を迎える報せでもあった。

正確には文禄堂で出会った瞬間に日記ちゃんは死に、(本名)ちゃんが生まれたわけなので、これからは(本名)ちゃん？(本名)さん？と呼ばせていただきますが、(本名)さんみたいな人間に好いてもらえてうれしかった。ドッグベリーでも多発したように、この日記でも「お前が言うな」「身の程を知れ」「思わせぶりうざすぎ」と思われるのは至極真っ当であり、僕のラジオを聞かせてしまったのは本当に配慮が足りていなくてごめんなさいの気持ちでいっぱいなのですが、まぁラジオがなかったらあなたの傷も我々の絆も深くダメージを受けてしまう未来があったわけなので、未然と僕が言うのも外道すぎるけどそういうバッドエンドを未然に防げた、と言われているが諸説あり。

あなたみたいな人に好かれてよかったというのは、その好きという感情に因果がなさすぎていいなと思ったから。

恋ってこうあるべき、みたいな話をしたと思うけど恋する気持ちは代替不可能であるべきで、そこに一切の論理や力学が働くべきでないですよね。セックスをしたからとか、共通言語が多かったからとかじゃなくて、どう分岐しても好きになっていたと言い放てる純粋さを持った人間に好いてもらえたというのが僕としては人生指折りのうれしさでした。

うれしくもあり(おまいうはごもっともですが、傷つけるよりも傷つきたい人間なので)悲しくもあり、相手の言葉を待つ居心地の悪い探り合いの末に友情の兆しを目撃したり、人生RPGでまだこんな面があったのと思ってしまうくらい過去に経験のない一日だった。勇気を持って新章をはじめてくれてありがとうございました。

五月十二日㊍

目が覚めると四時台だった。わたしは恋をすると、よく眠れなくなる。ドーパミンのせいか目覚めてしまうし、眠くもならない。でもあまりに早い時間なので、しばらく布団でうだうだしたのち、読書をする。寺尾紗穂さんの『彗星の孤独』を読む。日記を書くことをはじめて、日常の何気ない機微を記録することについて考えていて、そういうものを探している。心に刺さった一文があった。「文学や芸術はもっともっと一個人に開かれていいものだと思う。だれがいつはじめてもいい。その巧拙やレベルいかんに最後までこだわる人もいるだろうが、いちばん大切なのはひとりの人間にとってての切実な表現と喜びがそこにあるかどうか。それから、それを認めて受け入れてくれる人が身近にいるかどうか。」

日記をはじめて、日記というのは一種の表現活動であるのだと知った。そして、それをどんなかたちにせよ、たのしみにしてくれる人がいる。なんの気なしにはじめたことだが、表現と承認がほとんど同じタイミングで得られたことがとても幸運だと思う。中学生のころに、友だちが描いた絵を見て、ビジュアルで表現する人にはなれないなと思った。ただ、そのころから美術は好きだったし、できればそういうことに関わっていきたいと漠然と思っていた。ただ好きだと思うには、あまりにも漠然としていて、真剣みも覚悟も足りていなかった。中途半端に生きてきたけど、運よく、いまは遠からず、近からずで仕事ができている。だけど、やっぱり自分自身が「つくること」と向き合わなくてはいけないのではないかと思う瞬間が何度もある。自分ではやらないのかと聞かれることもざらで、そのたびに好きだと思える作品と出会うことがしあわせと答え、回答を逃れてきた。それももちろん事実でそういう作品に出会えたときには自分の態度と言葉を尽くして、よき鑑賞者であろうと努める。でもこれはよき制作者であれないからよき鑑賞者であろうとするのかわからない。もしくは「つくること」に関しても、よき鑑賞者であれないから、制作者を目指しているのかとも思う。中途半端な態度に嫌気がさす。どちらにせよ無理と諦めても、何度も何度も揺り戻される。いま逃れたとしても、この気持ちはいつかまた追いかけてくるかもしれない。今後の人生を思うと気持ちが重い。でもだとしても、これが好きだと思える気持ちは尊いことだとわたしはもう知っている。まだ自分に猶予期間を許しているから、好きの矛先をていねいに見つめるほかない。

五月十二日㊍続き　好きな人だけに送った日記

ここは対日記の独り言の場なので、なにかをいうのは野暮だと思って、なにもいわないようにしているんだけど、他人事だと思えず、これも番外編日記だと思って送ります。

あなたから送られてきた日記を読んで、今日の書きかけの日記とシンクロする部分があって、それに触発されて書いたことを認めます。あなたとわたしが思っていることは似ているようでまったく違うけれど、痛みを伴って自分と向き合ったことと、それを痛みと思うことは気恥ずかしさが伴うことだということが似ているのかななんて思いました。

わたしはあなたが仲間内でどんな態度でいるか、どんなふうに受容されているかわからないから、想像でしかないけど、その日記をあなたが信頼するだれかに読ませたら、きっとその人はうれしいだろうし、薄っぺらな慰めではない言葉をかけてくれるんだと思った。それに、書きたくなかったけど書きたかったことが書けたという事実が、それだけでとても価値のあることなんだと思う。どんな言葉をかけられても鬱々した気持ちでいることから逃れることはできないと思うけど、これはもうとても無責任なことを承知で、大丈夫だよ、といいたくなりました。

5/12㊍

溜まった日記を書く。高校のとき、表紙にフェイクで「英単語帳」と記したノートに不定期で日記を殴り書きをしていたことはあるが、こんなに長く日々の事情を記録したことは未だかつてなかった。

己の内省を減衰させることなく文字に表すことに慣れてきて、もっとおかしみがある文章であったり、文体の確立を目指している今日この頃だけど、昨日の日記に関してあの高校生のころの殴り書きに限りなく近い乱暴さで書いてしまった。書きたかった。こういう話はだれにもしたことがない。あの日記を書いてるだけで涙が止まらないのに、これを人様に話したら人でいられるかわからない。

今日は家の中にも雨が降っている気分で、釈然としない気持ちはお酒でも昼寝でも誤魔化せず、でも日記という手段を知らなかったら首でも吊っていたんじゃないかと考えると、人生はなるようになっているなという思い。ちょっとずつ自分で納得がいく時間の使い方をほどほどの自律とともに探っていこうとなんとなく前を向けた気分です。

多感な時期が十年遅れてやってきた気分。アラサーなのにお漏らししちゃった気分。でも日記があってよかった。自己完結する手記だったら続いてなかった。こうやって読み手がいてくれるから救われている。人を救う気持ちでTinder日記をはじめたわけではないと思うけど、こうやって一人の救いになっているのもまた事実なので一方的にお礼を言わせてくださいね。

　ぼくはもうそろそろ大丈夫。というか十六時からの会議の準備進捗がゼロなのでそっちの方がやべー

五月十三日㊎

「あってたよ」と連絡がきた。雪の日に会って、後日ふられて、郵便受けに本を届けてきた彼からだった。「郵便受けの部屋番号あってた？」と送って、二ヶ月後の返答だった。この二ヶ月間、コールドスリープでもしていたのだろうか。ようやくシャバに出てこられてよかったね。ＧＷに入ってから、セックスしようといわれ、元セフレから連絡がきて、恋に落ちてさっそくふられて、前好きだった人二人から連絡がきた。昨今なんだか目まぐるしい。

夜、日記を交換している人と飲みにいった。「ようやくこれでアカウント消せます」といわれて、申し訳ない気持ちになる。ほんとうに長い間お付き合いいただきありがとうございます。恋はビジネスと同じだと語る、彼の現在進行形の恋路を聞いていた。ナチュラルボーンでしか生きられない不器用なわたしは、そういう計算は、ビジネスだろうが恋だろうが実践できない。日記から伝わる根明さは、実物ではこのようになるのかと、答え合わせの気分で時間がすぎた。

五月十四日㊏

日記を送る人、こないだおセンチな電話をした人と『シン・ウルトラマン』を観た。

シン・ウルトラマンを観たということはシン・ウルトラマンを観たとしか言えなくなることで、それはシン・ウルトラマンがいかなる内容であったかいかなる評価であったかをいえないこと(いわないこと)でもあり、もはやシン・ウルトラマンを観たという事実のみが重要であるということである。わたしはシン・ウルトラマンを観た。そうなんです、シン・ウルトラマンを観たんですよ。ほんとね、シン・ウルトラマンを観たわけです。ついにシン・ウルトラマンを観ちゃったんだ〜。わー。あとめちゃくちゃたのしい一日でした。

五月十五日㊐

三菱一号館美術館で行われている『上野リチ展:ウィーンからきたデザイン・ファンタジー』のチケットを友だちからわざわざもらっていたのに、行けていなかった。勇み足で向かうと、最終日だったので四十分待ち。「OVER THE SUN」を聴きながら待つ。スーさんがコロナ療養中に「だれかにしあわせにしてもらいたかったら、その人のしあわせを心から願うしかない」と気づいたと話している。そうすれば、その人がしあわせになったときに、自分がしあわせだと感じることができると。自己肯定感がかなり低かったころのわたしは(かなり最近までそうであったが)しあわせは与えられるものだと思っていた。でもスーさんがいうとおり、しあわせは自らが感じることだ。しあわせだと感じるように自らの心を持っていくのだ。

リチ展のあと、KITTEで行われていた、デザインエンジニア・プロダクトデザイナーの山中俊治さんの展示にいく。生物の動きを着想にしたメカたちが展示されていた。なめらかにまるでいのちを持ったように駆動するプロダクトに、ただただ感嘆した。いますぐ家に帰って、積読していた山中俊治さんの『デザインの骨格』が読みたい。まっすぐに家に帰った。

どこかで読みたい、できれば煙草が吸いたいと思って、自転車を走らせてひさびさにコーラルにいく。店主のおばちゃんがいちごジュースを頼んだらつくり方を教えてくれて「将来結婚して子どもができたらつくってあげてね」といわれたので「未婚だってバレましたね」と答えたら笑ってくれた。結婚にあんまりこだわりないんですよね、といったら、めんどくさいよね〜とおばちゃんは笑った。二人でしばしガールズトークに花を咲かせた。

端に座っている二人組の男の子が一人できていた女の子に話しかけている。しばらく三人で話すと、男の子たちは先に店を出た。そのあとすぐに一人の男の子がトイレを借りに戻ってきた。トイレから出て、女の子に「ＬＩＮＥ、聞いてもいい?」と声をかけ、LINE交換をしていた。ひとつの物語の一部始終をを見てしまった。もうこの時点で今日一日すべて満足したので、読書に集中することにした。
　本の中で山中さんは「(デザインは)機能的な形状を純化しつつ、ほんの少し手を加えるだけでこの上なく美しくなる場所を発見し、それを起点にしたい」と語っていた。デザインについて、自分の中の指針となるような言葉と出会えてうれしい。

五月十六日㈪
朝五時前に電話がくる。日記を通して友だちになった彼。その大馬鹿っぷりに呆れながらも、たまたま目が覚めてしまったところだったから、そのまま電話した。ちょうど彼の作品が発表されたタイミングであったので、感想も伝えたかった。
　彼は「愛する対象がほしい」といった。本人はとても人を愛することに長けた人で、まわりの人は愛されていると実感していると思う。だからこそ愛を持て余してしまうのではないかとも思った。どのようにまわりに愛を伝えてよいかわからないわたしは、そのような態度をとても尊敬しているし、このように愛せばいいのだと背中を見せてもらえているような気がする。だからぜったい大丈夫だよ。そのような人物がつくるものが、わたしは好きだと思えたことがなによりもうれしかったし、しあわせだと思った。いわゆる〝表現活動〟だけがその人間が持ち合わせてる表現ではなくて、態度、思考、言語も、表現だ。普段知らなかった面を見たときに、それを好きだと思えることは人間関係においてなによりも幸福なことだ。

気がつけば朝七時になっていて、相手は眠り、わたしは起きる支度をする。夜と朝のエアスポットに生まれた、人生のボーナスタイムだった。昨日の話ではないけれど、あなたのしあわせがわたしのしあわせです。

五月十七日㊋

先輩と最近退職した元同僚と訪問先へ。仕事相手が話すことが金言すぎて、ただただ圧倒されてしまった。回答はとてもシンプルだが、そこに至るまでの思考の解像度の高さ、そのプロセスを想像しながら話を聞いていると、脳の情報処理スピードを確実に越えているのでついていくのに必死だった。

「資本主義に乗ることでしか資本主義のルールは変えられない」「複雑さを複雑さのまま受けいれる」「人間の感情を信じている」ということは簡単だけれど、これを理想になるべく近いかたちで実践している人が目の前にいることが希望だった。自分たちなりの正しさ(それはチームが変わればその正しさも変わるという前提の基で)を常に模索しつづけている。楽なことはそこにはひとつもないけれど、そこには矛盾がないので、自分に言い訳をしながら、日々過ごすことがないのだろうなと思った。本来的に、仕事とはそういうものであるべきだということが、もっと根づいていいと思う。

先輩と解散して、「もう今日は仕事無理だね」と、日も落ちてないけど、元同僚と飲みにいく。彼とは打ち合わせでZoomをはじめたのに、十時間喋り通して気がつけば朝になってしまったこともあるほど仲がいい。仕事の話、それは職場の話に限らずできるし、カルチャーや社会的なトピック、恋愛やそれにまつわる人生観みたいな話を会うたびに延々としてしまうので会話に終わりがない。エンドゲームの話をしていたのに、気がついたら、今後我々はいかに生き延びるべきか、みたいな話をしている。

今日も例にも漏れず、そういう時間だった。わたしよりもはるかに映画や音楽に詳しくて、その背景もとても理解している。院卒ということもあって、物事の捉え方がクリティカルだし、引き出しも多い。友だちと普段からそういう話をしているのかとたずねると、そうでもない、というか映画の話をする友だちは最近かなり減ったということを聞いて驚いた。わたしもここまでいろいろな話ができるのは彼しかいない。だから会うたびこんなにお互いせきを切ったように、話してしまうのかと納得した。倍速のラジオみたいな勢いでずっと話し続けている(速度はわたしの早口のせいである)。

わたしは彼に対して、とても反省していることがある。わたしが不出来さゆえ彼に嫉妬してしまい、それをぶつけてしまっていたことがある(なのにこんなになかよくできているのが不思議で仕方がない)。これまでいっしょに仕事をしてきて、彼のおかげでかなり引き上げてもらえた部分があるし、お互い刺激を与えながら仕事ができてきた実感があるし、彼でなければできないこともたくさんあった(ほかの社内の人が頼れなさすぎるということが大きいのだが)。それをそのまま今日伝えることはできなかったけど、すごいと思いましたと素直にいうことができた。年下のわたしからほめる、というのもほめづらいことがあるけれど、もっとそういうことを伝えていくべきだなと思った。愛や感謝は言葉にすることでしか伝えることができないし、いまこんなふうに思えていること自体がとてもありがたいと思う。

彼が辞めたら、一人取り残されてしまうような気がしていたけれど、どちらにせよ、わたしはわたしのやり方を結局模索するしかなく、それを望むのならば、それを引き受ける覚悟を持つほかないなと結局はいつもと同じ結論に辿り着いて、今日は頭が沸騰して眠れない、と思ったのに、速攻寝落ちしていた。

五月十八日㊌

昨日会っていた元同僚にECDのエッセイを薦められて、ちょうどtofubeatsのインタビュー記事を読んでいたら、その話題が出ていた。偶然が二回続いたときは運命理論でポチる。tofubeatsの『トーフビーツの難聴日記』がほしいんだよなと思うと、今日が発売日だった。

高円寺の文禄堂まで自転車を走らせる。文禄堂の新刊コーナーには見当たらない。だいたい新刊が発売日にきちんと並べられるのはマンガくらいなもので、本はほとんど一〜二週間程度後になる。それでも文禄堂はこの規模の本屋でこれを入荷してくれるんですか…というかなり個人的なツボを抑えた本もきちんと置いてくれるので、わたしは絶大な信頼を置いている。わたしにとっての高円寺の半分くらいの要素が、文禄堂であるといっても過言ではない(それは過言)。

終業後とはいえ、まだ日も明るい。本を求めて、自転車で吉祥寺まで走ろうと思った。高円寺の高架下から阿佐ヶ谷へ向かう。ひさびさの晴れを昼間はたのしむことができなかったから、太陽の明るさがうれしい。五月の晴れの日が一年の中でいちばん好きかもしれない。阿佐ヶ谷につき、書楽にいく。書楽は店構えに反して、店の奥が広くて充実していて、ふらっと立ち寄るのは危険な店でもある。あ、これ買ってなかったや、が突発的に起こりやすい設計がなされているのだ。ここでも目当ての難聴日記はない。まだ西へ進む。

荻窪は窪だといっているのに、山になっているのが許せない。自転車で吉祥寺にいくと動線が混線していて、いつも荻窪でへこたれる。荻窪はスルーして、なごみの湯の前を通って、そのまま西荻に向かう。荻窪を抜けると住宅のスケールが変わる。家のつくりも変わって、建築家物件のような家が増えてたのしい。日が落ちてきて、目の前に夕日が沈んでいく。最短距離ではないけれど、夕日を見ていたくてそのまままっすぐ進んだ。ピンクと青のグラデーションがこの世でもっとも美しいもののひとつだと思う。道を軌道修正するために、広い道幅の長い坂道を下る。なるべくブレーキはかけずに。

西荻に着き、今野書店に向かう。今野書店は本のセレクトだけでなく、フェアのセンスがいい。買わされてしまう。芸術書のコーナーには、大きい本屋でも置いていないかなりニッチなものが置いてあってビビる。芸術書が文禄堂、書楽、今野書店とかぶるようで微妙にかぶらなくてたのしい。そしてやはりここにもtofubeatsはないので、吉祥寺まで向かう。

今野書店を出ると完全に日が落ちていた。もう引き返そうかと思ったけれど、ここまでたら戻れない。まだ西に進む。これまでの駅と比べて、やっぱり吉祥寺は王者としての貫禄がある。とにかく街が広い。へろへろしながら、コピス吉祥寺のジュンク堂書店吉祥寺店に向かう。いちばん好きな本屋のチェーンはジュンク堂だから新宿の紀伊國屋書店よりもわざわざ吉祥寺のジュンク堂にくることが多い。ジュンク堂は硬派だけど野暮ったくもある。でもその品格が好きだ。新刊コーナーにもあのピンク色の表紙が見当たらなくて、検索コーナーで検索すると、在庫0冊と表示されている。どうやら今日の旅路は無駄足のようだった。せめてなんとか巻き返そうと思って百年に寄るとやってない。手ぶらでは帰れないのでバサラブックスに寄り、三冊ほど購入して、どうにか気持ちを持ち直す。いぶきうどんでとり天ぶっかけを食べ、もう一度自転車に乗る。行きよりもはるかに体が重くて、一駅着くたびにまだか…と思った。

二十一時すぎ、高円寺に着いた。日記を交換する人から薦められていたグッナイ小形さんの路上ライブを聴く。今日はのうじょうりえさんもいっしょだった。離れたところから棒立ちしていると声をかけてくれて、近くで座って聞かせてもらう。自転車に乗りながら、ここ最近あったいやな出来事に心を囚われていたのだけど、小形さんの歌を聞いていたらそんなことはすっかり忘れてしまった。遠く響く声を聞きながら、心の重さも足の鈍い疲れも軽くなっていった。なにかリクエストはありますか？どんな気分ですか？ と聞かれたけど、人見知りムーブをかましてしまい、いま自転車で走ってきました…と謎回答をしたら、自転車が歌詞に出てくる曲を歌ってくれた。ガリザベンの「たいようはあのこの」という曲だと教えてくれた。

五月十九日㊍

大学時代、唯一推しと呼べた先輩からシン・ウルトラマンをきっかけにTwitterでリプがくる。長身、細身、長髪、お洒落でおもしろかった先輩はみんなの人気者だったし、そのうえかわいい彼女に一途で、とにかく完璧だった。お互いガイナックスのアニメが好きだったり、ほかにもサブカル的な趣味があったので、なにかと可愛がってもらっていた。ひさしぶりに会いたいな〜と思っていたら「安い中華でも食べるか」と連絡がきた。「おれももう結婚してタバコもやめてそこそこ真面目に働いてんのよ」といわれて「こちとら結婚なんかかなぐり捨ててバキバキにタバコ吸いながらおのれの恋路を進んでます！」と返したら「すてきやん」といわれて、先輩はやっぱ変わらずいいやつだなと思った。昔のわたしがあまりにも野暮ったかったのは大きいけれど、先輩とのあいだに色っぽい空気が流れたことはなかったし、わたしもあくまで推しだった。

先日連絡がきた、昔好きだった人の成果物を見にいく。一目見て、最高です！ という気分だったので、これまでのことがどうでもよくなった。この人との終わりはなかなかに最悪なものだったけど、時間の経過を経て「まあ友だちでいようや」というわたしからの声かけから、今日に至る。わたしという人間の目を信頼して「見てほしい」と連絡をくれたのがうれしかった。クリエイションに対して、ここに至るまでのプロセスをていねいに聞けてとても勉強になったし、やっぱりこの人のつくるものは好きだなーと思った。

ちなみにわたしは恋心とクリエイションの中身はあまり関係がない。クリエイターだから好きになるわけでもない。それはそれ、これはこれである。でもその思考には共感していた。いつだってその人の精神性になにが宿るのかにしか興味がない。

この人に関してはもう好きで好きで仕方ない恋人がいるようだし、まあもう好きとかどうとかいう気持ちはまったくないのだけど、それでもこの人のアウトプットは好きだし、好きなクリエイターがそうしてわたしを信頼してくれるのがただただうれしい。関係がぷっつり切れてしまうのは、とてもさみしいので関係性のやり直しができてよかった。

今日も数年ぶりに後輩から飲みましょうね！ と連絡がきたり、過去の縁を結び直すようなきっかけがこのごろ多い。また会いたいと思ってもらえるのはシンプルにうれしいなと思う。

五月二十日㊎

ここ最近はとてもいろんな人と会話を交わした気がする。西洋占星術的にいうと、知性・情報・コミュニケーションを司る双子座に太陽と水星を持つわたしは双子座的要素が強い。まさにそういう時間であったなと思う。人と会話をすることがたのしめない時間が長らく続いていたけれど、やっぱり会話を交わしてこその人生だなと思う。人生とはコミュニケーションだと、前に人にいったことがある。コミュニケーションは生きる活力。とはいえ、もう少しゆるやかにしていかないと、感受性の器がキャパシティを超えてしまう。今日はゆっくりお風呂に入ってゴッドタンの「アンガ田中の勝手にお悩み先生」を観てはやく寝るのもいいけど夜更かしするのもいいね。いまは袋麺を食べたしあわせを噛み締めてる。

五月二十一日㊏

we +というデザインスタジオの展示にいくために、浅草まで向かう。東京の西側から東側へにいくのは大移動だといつも思う。ギャラリーは浅草駅から離れたところにあったので、隅田川沿いをひたすら北上する。ゲリラ豪雨をちょうど避けることができて、もうすでに曇りになっていた。歩いていると、お囃子の音がする。祭りだ。東京のお祭りは八月ではないことがなんとなく多い気がする。お囃子の音に吸い寄せられると、そこには神社があった。しばらく演奏を聴いていた。どうしてもテンションが上がってしまうイズムがわたしにも流れている。

展示は霧をテーマにしたリサーチと作品。霧に関するリサーチの中で、文学作品の中で使われた「霧」に関する単語や用法の分類があった。それを見ながらこんなふうにして自分の中のボキャブラリーを増やしていけばいいのかと思った。日記を書いていると同じような言葉ばかり使っている気がする。それに作品について語ろうと思ったときに、あまりにそれを形容できる言葉が自分の中に少ない。最近の作品だけじゃなくて、近代あたりの名作文学をもう少し読んで、日本語の表現を勉強したい。作品は霧をフレームの中に閉じ込めたようなものだった。霧という現象の切り抜き方を変化させることで、そこに美を見出させるような作品。コントロール不可能な霧のゆらめきは飽きることなく、いつまでも見つめていたかった。

浅草橋にあるPARCELに移動するため、ギャラリーを出る。作品に完全にやられてしまったので、気持ちを落ち着けるために隅田川を南下する。このまま三十分ほど歩けば浅草橋だ。そこに水さえあればどこまでだって移動できる。雨上がりの川はお世辞にも美しいとは言えない。だけど、どうしたって川には惹きつけられるものがある。川と変わり続ける対岸の景色と、川沿いで休憩する人々を見ながら、ひたすら歩いた。

五月二十二日㊐

例の心のお兄ちゃんが展示をしているので、見にいった。会うのは三年ぶり。前はどんなテンションで話してたっけ、とちょっと不安だったけど、会ったら即ふつうに話せた。わたしの元職場と関係がある会社でいま働いていたり、なにかと共通点が多いので、話したいことはいろいろあったし、実際話は尽きなかった。ひさしぶりに会えてうれしかった。作品は三年前よりもずっとよくなってて、いいなあ〜と思った。

一人になって、ふと三年前の自分を思い出した。タイムカプセルみたいに、あのときの時間と幼くて愚かだった自分が現れた。いまもそうかもしれない。彼の活動に対して、自分の正義感を押しつけて、ほんとに申し訳なかったと思う。見えてないことが多すぎた。いまでもそういう面はあるんだろうなと思うと、おそろしくなる。三年ぶりに彼に会って、彼は変わらずとても気持ちのよい人で、好きになってよかったと思った。

西荻の物豆奇で『ECDIARY』を読む。ECDの文章はさっぱりしていて、平熱で、嘘がなくて好きだ(嘘がある文章はそれはそれでいい)。ときたま、熱さが伝わってくるものがあり、それも本人の性格を反映しているように思った。

五月二十四日㊋

マンガ『まじめな会社員』の最終回を読んで、インスタになんだか熱のこもった感想をあげてしまい、ちょっと後悔する。主人公のあみ子は自己肯定感が低くて卑屈がゆえに、物事を斜に構えてしまったり、素直に受けいれられなかったり、まんまわたしかよという気持ちだった。でもあみ子は新しい人間関係を構築したり、そこから抜け出すチャンスを持っていたと思う。もし友だちが彼女のような状況に置かれているなら、少しでもポジティブな言葉をかけたいという気持ちから、長文の感想というかコメントをしてしまった。でもいままでまわりにいた友だちを傷つけたこともあるし、ほんとどの口がいうんだって自己嫌悪に少し陥った。ごめんですまない代わりにこれからも友だちでいてくれるなら、わたしはその子をいかに大事にしていくかでしかない。

それにしても、みんなのこと大好き期と一人にしてくれ期の高低差がありすぎる(耳キーンとするくらい)。いまはみんなのことが大好き期。躁鬱の躁状態なのだけど、この状態がずっと続いてくれればいいのにと思う。友だちのことが好きってかなりしあわせだ。みんなにいいねってほめてまわりたいし、ほめてくれる人しかまわりにいてほしくない。もちろん信頼関係あっての叱咤ほどありがたいものはないと思う。

それでも友だちだと思ってくれている人、全員となかよくできるわけじゃない。約束を立てる時間感覚が合わなかったり、なんとなくいっしょにいると自分の価値観が狭められるような感覚がする人、もしくはまわりにはいない突飛なピエロ的な側面を求めてくる人、そういう人とは同じ時間を心からたのしく過ごすことができない。だからこそ、いまこうしてなかよくできているというのはとてもありがたいことだし、この気持ちをずっと忘れずにこのまま生きていけたらいいのになあと思う。まわり全員が信じられなくなる鬱状態やってこないでくれ。これ以上だれも傷つけたくはないのだよ。

五月二十七日㊎

誕生日は毎年有給にして、いつもは遠出や旅行をしているけど、今年はストレンジャー・シングスの配信日なので、友だちを誘って、観賞会兼誕生日会をすることにした。おのおのが仕事終わりに集まることになっていたので、仕事が休みの友だちと中野で待ち合わせして中野ブロードウェイをぶらつく。まんだらけでマンガを漁る。どのマンガの話をしても「そのエピソード、もう十年前だよ」っていわれる。どうやら少年マンガの類いは十年前で記憶が止まっているらしい。そもそも高校時代からジャンプとかの少年マンガとかよりも、ジュンク堂だと「サブカルコミック」棚に分類されるようなマンガばかり読んできたから、長期連載を読むという習慣があまりない。高校のころはジャンプの回し読み文化のおかげで読めてた。

家に戻って、ほかの友だちを待つ。友だちが一人くるたびにストレンジャー・シングスの予告編を観るけれど、全員記憶が曖昧でキャラの名前さえわからない。ストレンジャー・シングスをシーズン1しか見てない友だちが「ここにいるだれの言葉も信じられない」といった。全員が違うことをいい、全員が嘘をつく。いつからかここは騙しあいゲームになったのだ。

二十二時をまわるが、最後の一人が「終電になりそう…」とメッセージ。ひとまずケーキだけは食べようと、みんなでケーキを開ける。クリームでできた立体のわんちゃんがいっぱい乗っている、めちゃくちゃかわいいケーキだった。三月に誕生日だった友だちもサプライズでお祝い。ケーキを買うため、早退して取りにいってくれたり、プレゼント選びに奔走してくれたり、いろいろ準備してくれたみたいで、うれしい。ありがとう。

プレゼントももらって、落ち着いたころ、家から出て散歩する。わたしはひどく酔うと外気を浴びたくなるのだ。酔った勢いで好きな人に電話をしたら、電車だといって切られた。しばらくしてかかってきた折り返しの電話に秒で出ると「いやー電話待ってたじゃん」っていわれて「いまスマホ見てただけだし」って可愛げのない返事をした。その人も友だちの誕生日会に向かっているという。最近誕生日の人多いよねといったら「みんな夏にセックスしてできた子どもだ」って下品極まりない答えが返ってきてうける。電話を終えて、ＬＩＮＥを見たら「火事だぞ！ はやく帰ってこい！」と連絡がきている。主役なのに、抜け出してさーせん。結局ストレンジャー・シングスは観なかった。それでもこうして集まれて、お祝いしてもらえて、もういうことなしの誕生日。

五月二十八日㈯

みんな、帰っちゃうの……？ と寂しがったら、一人だけ「わたしは泊まるつもりできたよ」と泊まってくれることになった。夜中に二人で、広島にいる友だちに電話をする。朴訥でぼろっとおもしろいことやいいことをいう、いちばんずるいタイプの男の子だ。距離はあるし、頻繁に連絡を取りあうわけでもないけど、東京で遊んでいたころよりも気が合うし、なかよくなった気がする。こちらもあちらも酒に酔っていてほとんど話にならなかったのに、気がついたら二時間経っていた。

朝五時に好きな人から電話がかかってきて、友だちは寝ているので、パジャマのまま外に出て公園で少し話した。好きな人は富士そばでうどんを食べているというのに、うどんを食べている気配がまったくなくて驚いた。「もう食べ終わったから」といわれて、電話を切られた。どの隙に食べていたのかわからない。イリュージョンだと思う。

九時ごろに二人で起きる。お揃いのパジャマを着て、同性カップルの朝みたいといわれてデレデレしちゃう。友だちが家にくるたびにいろいろしてあげたくなっちゃう。度がすぎてはいけないので、コーヒーを淹れるのみにとどめた。快晴の日差しが部屋に入ってとても気持ちがいい朝。二人で歯を磨いて、コーヒーを飲んで、おしゃべりして、メイクして、二人だというだけで日常も美しい非日常になる。

友だちが帰ったあと、昨日の余韻を引きずりながらストレンジャー・シングスを観る。夕方、銀座へ出かけて、展示をふたつほど見る。有楽町のルミネとマルイに寄って、夏に備えてコスメを調達。ひさしぶりにコスメカウンターでタッチアップをしてもらう。人に化粧をしてもらえることがいちばん勉強になるし、コスメカウンターはこの地上でもっともやさしい場所のひとつなので、少しでも長所があればほめ倒してもらえる。髪の赤メッシュにあわせて、赤いアイシャドウを塗ってもらった。かわいいメイクをしてもらえたので、ルンルン気分で家に帰った。

五月二十九日㈰

日記を書きはじめて、日記本を出したいと思うようになった。となれば、文学フリマにはいかなければならなかった。初めての文フリ。せっかくリアルな場ならば、新たな出会いを、と思っていたけど、いいな〜と思うのはどこかで見たことある人ばかりだった。わたしにとって目ぼしい人がいないのか、わたしのアンテナがにぶいのか、こういうときのディグり力にセンスが現れると思う。それに会場で感じた圧倒的な創作欲。本を出すにしても、ただの日記本じゃ見向きもされない。どうせつくるならば、なにかしかけが必要だろう。というか、わたしが満足できないので、そうしたい。自分に対するさまざまな落胆と悔しさと恥ずかしさを感じつつ、そそくさと会場を出て、モノレールに揺られる。

買った本をどこかで読みたい。いったことない喫茶店にでもいこうと思い、東中野で降りる。店の中から駅舎が見える、小さな喫茶店。コーヒーとサンドウィッチを頼んで、買ってきた小説を読む。好きな人が好きだといっていた人の本。電車の中でも読んでいたので、一時間ほどで読んでしまい、まだ明るいうちに家に帰る。

読み終わったから好きな人に渡そうと思って連絡をすると「寿司にいかない？」とのお誘い。お寿司屋さんの前で待ち合わせなんて可愛すぎるな。寿司はいつでも何度でも食べたっていい。寿司は名前もフォルムも味もいい。寿司に対しては愛しか生まれ得ないほどに愛している。でもサーモンの寿司はさほど愛していない。鮭の押し寿司は愛してる。二人の前に美しく並べられた寿司は圧巻だった。わたしたちは腹の限界値まで寿司を詰め込む。寿司で胃を満たすというのはこの世にあるしあわせの中でも享楽的なしあわせのひとつだ。

風が気持ちよくて帰るのがもったいないので、阿佐ヶ谷まで歩こうと誘ったら快諾してくれた。夜にする散歩は、この世にあるしあわせの中でも、尊いしあわせのひとつだ。阿佐ヶ谷までといいながら、夜をひきのばすようにさらに先へと歩く。普段一人で歩いてる道をだれかと歩くのはたのしい。歩きながらいろいろな話をした。

彼は愛情深く、その愛を豊かに表現できる、とてもほめがいのある男だ。自分が好きなものに対する愛情が深くて、その熱を他者に伝える術を持っている。その熱に何度も胸が熱くなった。ときにはそれは行動力をともなって、まわりを巻き込む力がある。そういう態度をとても尊敬してる。なかなかできることではないと思う。彼に触発されて、わたしもわたしで自分のことをやらねばという気持ちにさせてくれる。

それに彼は会って二回目で「わたしはあなたのこと好きになる」などといい放つストロングな告白をしても、変わらずに接してくれて、わたしを友だちだといってくれる器の広い人間である。名前を間違って覚えられていても許せてしまう愛らしさもあるし、しょうもない笑いの取り方もそのしょうもなさがツボだ。

寿司を食べて、たまたま彼の憧れの人に遭遇して「今日はしあわせだな」といっていたけど、わたしはあなたがしあわせだと思う瞬間に横にいられることほどうれしいことはないよ。あなたに雨が降ろうが槍が降ろうが運命が降ろうが必ず守ると心の中の椎名林檎がいっているけど、さすがに槍が降ったら無理だな。即死。そして、椎名林檎は槍が降ろうがとは歌っていない。

あと、わたしがわたしのことを松岡茉優といったのは、映画的な配慮であって、わたしがそうであるという話ではないということだけはわかってほしい。

5/29㊐

SNSを見ていると早くも夏をはじめている人がチラホラいるというのに僕は文フリに行くか行かないかで三時間ほど夏を無駄にし、結局ビビって行かなかった。

日記ちゃんが文フリで本を買ったというので、誕生日祝いがてら桃太郎すしで会う。こうやって会ってもらえるだけありがたい。日記ちゃんは僕のラジオの模範リスナーであり、僕の知らないことをたくさん教えてくれる人。表現物に対する受容体が鋭くて、好きなものを自分の言葉で語れるストロングな女性。僕の怠惰な新陳代謝に火をつけてくれる大切な友達。

帰り際、北口で僕が尊敬している人に遭遇した。半袖短パンのその人が上機嫌な顔でこちらにスキップしてくる光景にいたく感動してしまった。二年前、高円寺のコミュニティに接近したときと同じ高揚感と疎外感を味わっている。あと劣等感。この渇ききった劣等感はそこらの薪よりよく燃える。

日記ちゃんと歩きながら、この数奇なTinder譚を映像化するなら、だれをキャスティングするかという話をした。僕は又吉で、日記ちゃんは松岡茉優だと言った。松岡茉優は言い過ぎだと思った。文フリ出せたら面白すぎるね。

五月三十日㊊

ここ数日日記が書けなかった。誕生日の日の日記をどのように書いたらいいのかわからなかった。内輪でしか通じない、その場でしか起こり得ないノリは文章化することができない。言語的なコミュニケーションでない場合もある。たのしいをたのしいのまま、文章で伝えることはむずかしい。この伝える相手は他者であったらなおさら、自分に対してでもむずかしいと思う。そうして考えているうちに、「そもそもなぜ日記など書いているのか」と根本的な疑問に立ち返ってしまい、日記を書くことではなく、人生をやるほうにいったん集中しようと思って、送るのはやめていた。離れてみて、だれかに見られることで書く理由があることとその理由を担うあなたに感謝するとともに、わたしが送らなくても日記を送ってくる存在に安心した。たぶんまだしばらくは続ける。

五月三十一日㊋

いろいろあって母親が家にしばらく泊まることになった。こういう場合の諸事情というのはそれなりにヘビーなものであって。まあでもそれもまた仕方がないかと思っている。家庭の事情というやつだが、母親からまあまあヘビーな話を聞かされて、それなりに驚きはしたものの、それよりもわたしがいままで目にしてきたこともショックなものであったし、もうすぎたことであるので、特に感情が動かなかったりする。わたしは異常に感受性が強いところがあるけど、他人のトラウマに対しては、一切の感情を閉ざす。だからなにも感じない。冷たいと自分でも思うが、意識はしていないもののそれがわたしにとっての処世術なのだと思う。もちろん時と場合によるので、それはそのときになってみないとわたしもわからないことだけど。

母親の話を聞いていて、いかにいままで無意識的に母親を反面教師にして生きてきたか、そして、母親はそれを後押ししてきたか、これまでのことを振り返っていた。たぶんわたしは極端なところがあるけれど、その極端さは自分の自由としあわせを守るためのものなんだと思う。別に立派に生きてきたのではなく、自分のわがままをいかに通すか、その隙間をぬってきただけ。本質的に怠惰で甘えた性格だと思う。避けるべきことは避ける、それだけはやるようにしているし、そうなっていった。

母親は我慢の人だと思う。親からも、夫からも、抑圧されて生きてきた。だから、我慢しないということがよくわからなくなっていた。我慢しないためには我慢を選ばないという行動が必要だし、それはそれなりの覚悟を伴い、それを選ぶことができる環境やチャンスがあるかどうかということも大きい。わたしは母親からその環境やチャンスをこれまで与えられてきたと思う。だから母親をサポートしたい気持ちはあるけれど、限界はあるし、現に同じ部屋にいるのが耐えられなくて、こうして喫茶店で日記を書いている。

六月一日㊌
電車に二人の少年が乗っていた。どこかに遊びに向かうようだった。電車から出たと思ったら、急いで駆けて電車に戻ってきた。どうやら降りる駅をひと駅間違えたようだった。二人は顔を見合わせて、笑い転げていた。そして次の駅に着くと肩を組んで降りていった。

六月二日㊍
路上で響く乾いたラッパの音を耳にしたとき、スペースカウボーイだったころのことを思い出した。

六月三日㊎
一日の半分以上を表参道で過ごした。それぞれの思惑の裏でどしゃ降りが降る。あまりにきれいなシェアオフィスではタバコが吸えない。アメリカ映画の初デートみたいな前菜からメインまで選ぶようなお店でウマメシを食べながら、人生模様の話を聞く。徒歩十五分の道のりを四十分かけて歩いて、坂本慎太郎の新譜を聴く。道端で三回まわる。母はマンスリーマンションに無事に入れたらしく、数日ぶりにだれもいない家に帰る。自分の家だ。

六月四日㊏

友だちが主催するイベントに誘われていた。フードや本、カセット、雑貨などが出店している。かなりの大盛況。先に着いている友だちは、盛り上がってるイベントを見ながら、イベントに参加するでもなく、ただダラダラ話してて、いつもの感じだなあと安心した。もうかれこれ六、七年の付きあいになる。いくつか年上で、学生のころはかなり大人に見えていたから、どう接していいかわからず、ぎこちない期間が長かった。ようやく最近になって、対等にふつうに話せるようになった。人見知りがひどい。生意気で不躾な大学生だったころからずっといままでなかよくしてくれてありがたい。たまに会って話したいと思うし、たまに会いたいと思ってもらえてるのがうれしい。仕事の相談はしたことないと思うけど、やっぱり人生の先輩という感じがするし、尊敬してる。イケてる似顔絵も描いてもらって大満足。

六月五日㊐

晴れているし新宿御苑でもいこうかなと思ったけど、いけてない展示がいくつかあることを思い出した。展示にいくことはライフワークだけどもはやタスク化してしまうときがある。いきたいリストが無限にあるし、無限に増えるので、自分がいきたいものなのにうんざりさえする。それでも熱心にいくのは、それはそのときにしか見れないものだし、規模の違いはあれど、その作家の集大成が見れるというのはその機を逃せば、二度と出会うことができないことが多いから。見たいものをなにひとつも見逃したくないし、いかなかったことを後悔したくないということだけがモチベーション。だから「あれは抑えておかなければ」みたいな理由ではもう足を運ばない。どんなに勧められようが、ピンとこなければいかない。ほかに見なくちゃいけないものはたくさんあるし、これは見なくてもよかったなとか、時間の無駄だったと思うことは、体力と時間だけではなく、精神的にも疲れる。自分の感性を信じるというのは、自分の感性を閉じる諸刃の剣なところがあると思うけど、あほみたいに見にいった時期があって、自分で自分はなにが好きかわかるし、いまなにが必要かもわかると思う、と思いたい。

えらそうというか、おまえはどの立場でどの口が物言うんじゃと思うけど、まあこれ日記だから。だれに向けたわけでもない言い訳もいいたくなる。

六月七日㊋

ひさしぶりにEvernoteにログインしたら、二〇二〇年〜二〇二一年あたりの日記が出てきた。こんなに熱心に日記を書いていたのなんてすっかり忘れていた。不甲斐なく思うこと、情けなさ、弱さ、ほとんどいまと変わっていない。やりたいと思うことも変わってないけど、やらずにきてる。

このころのわたしはまわりの人も環境もすべて否定して、とにかく違うどこかにいきたかったたし、自分以外のだれかになりたかった。自分をやることに疲れていた。こんなふうに生きていてもしょうがないと毎日自分を責めていた。社会情勢的に友だちとちょうど会いづらくなっていたけど、むしろ好都合だった。だれとも会いたくなかったし、話したい相手なんかいなかった。みんなしょうもないと思ってた。どうせわたしのことなんてだれもわかってくれないし、みんなわたしをばかにするんだって思ってた。ひどい被害妄想だ。とにかく認めてもらいたかったんだと思う。わたしは生きててもいいんだって承認がほしかったんだと思う。それがぜんぶ他者への攻撃に向いていた時期。なにもかもシャットダウンして、感受性が死んだって一人泣いてた。

いまはこのときよりもまわりの人を大事にできる。他者を愛せるようになったら、他者からの愛を受け取れるようになった。小さな承認を積み上げて自己承認にすることができるようになった。わたしという人間を全面的に認めてほしいと思っていたけど、ある一部分を認められれば、それは十二分すぎるほどの愛であることがわかった。だけど、まわりの人を傷つけたことは確実にあって、でもそれはわたしが謝っても、それを悔いても、その傷を取り除くことはできない。取り返しがつかないから、これからどうしたらまわりの人に感謝を返すことができるのかと考えている。愛なんか溢れているくらいがちょうどいいのではないかと思う。

そして、なにも行動していない自分をまた今度責めようとしているけど、それは準備が整っていなかったのだから、仕方がないと思うことにした。来年たしかに三十代かもしれないけど、人生まだ長いし、もう年齢なんかよくないっすか、年齢どうこう、この年ではこうなっている必要があるという価値観とかいいじゃないっすか。もうあとは自分の責任でなんとかやりますゆえ、わたしはわたしのペースでやらせてもらいますんで。いやでももうこれもぜんぶ言い訳だって知ってる。

六月八日㈬

Qoo10のメガ割で買ったhinceのアイシャドウパレットが、韓国から海を越えようやく届いた。生活における必要経費を抑えるため、化粧品は必要に駆られたときにしか買い足さない(買い足せない)のだけど、そうしているとアイシャドウパレットに関してしては、ゆうに一年以上同じものを使うことになる。マスカラやアイライナーはいずれなくなるけれど、アイシャドウパレットを使い果たす日はやってこない。

一年半前に買い足したふたつのパレットは男にふられた直後に買ったものだった。彼と会う最後の日のために買い足したのだ。中島みゆきが「化粧」でいうように「化粧なんてどうでもいいと思ってきたけれど、せめて今夜だけでもきれいになりたい」を実行するとは思わなかった。いままでとは違うメイクをYouTubeのメイク動画で学んで、彼と会うまでの一週間、繰り返し見て、何度も練習した。その甲斐あってかはわからないけど、その日の最後に彼は「おれほんとはこんなこと言えないけど、今日すごくきれいだね」といった。「あなたのそういうところが好きだった」とわたしがあなたに伝えた直後に。うれしさよりむなしさが勝った。だって、そのとき彼はいつものように飄々とタバコを吸っていただけだった。わたしだけが必死で、彼はいつでも余裕綽々だった。

そのむなしさパレットを使い続けていることに、ふと嫌気がさした。つーか、あんなやつのどこが好きだったんだ！　とか思ったけど、ちゃんと好きだった。たしかに、なかなかにひどい思いをしたけれど、一度好きになった人を嫌いになることはない。ちゃんとおもしれー男だった。感謝している。
だとしても、今度はちゃんと自分のためにアイシャドウパレットを買いたかった。流行色で構成されながらも媚びない色づかい、わかりやすく華があるタイプではないけど、洒落ているところが気に入った。この色をさして、まずはどこにいこうか。まずはだれかのためでなく、自分一人のためだけにこれを使いたい。

六月八日㊌続き　好きな人だけに送った日記
勢いあまってあなたにいいすぎてしまった。ぜんぶ本音だけどぜんぶがあなたのためになるわけでもないし、必要以上にあなたにプレッシャーをかけてしまったような気がする。君はいまでも十分すぎるくらいにおもしろい。だからもっとうまくなれるし、友だちのことが大好きな君ならもっとできるだろうと勝手に期待してしまった。だれからなにいわれても、わたしはあなたがおもしろいと思うことを提示してほしいと思う。

六月九日㊍

梅雨入り後の隙間に晴れ。太陽光はできる限り享受したい。だってこの季節がいちばん気持ちいいもの。だけど夜だっていまの季節がいちばんだ。有線のイヤホンからスピッツが流れている。いつまで経ってもスピッツのベストアルバムは決められない。自転車を適当に走らせたときに偶然出会える公園がずっと特別。

六月十日㊎

友だちのライブへ。お互い日記は送っていたけど、彼の音楽は聞いたことがなくて、こないだ初めて聴いたとき、たいへん失礼ながら想像以上にかっこよくて、これはライブを観なければと思った。直感に従ってきてよかったと思った。友だちだという下駄を脱いでも、めちゃくちゃかっこいいパフォーマンスで、友だちとしての側面ではない姿を初めて見れてうれしかった。そのあと、女友だちといつものごとくうだつ上がらないトークをつまみに、四文屋で安ウイスキーをじゃんじゃん飲んだら家で吐いた。ぴえん。

6/11㊏

身体的にも精神的にも煮詰まっている感覚があったので、自然を感じに檜原村へ。檜原村である理由はひとつもない。一人でいくのもつまらないので暇そうにしている日記ちゃんを連れて車で行った。

沢がどんなものかは今でも説明はできないが、なんとなく川と滝と森が共存しているイメージで、もっと言えば緑と青の自然物が視界に入っていれば沢と呼べるのではないかと思っており、きっと今の自分に必要なものは沢だと思ったので、助手席の日記ちゃんにこの適当なイメージをオーダーし、最寄りの沢までの案内してもらう。

滝まで三分という看板を信じて森の中の坂を登っていたら、ただただ標高が上がるだけで滝はおろか水の気配が感じられず、ここに滝は存在しないと疑いが確信に変わったころには引くに引けない高さまで登っていて、どうせだったら頂上を見てやろうという根性だけをモチベーションに750mも急な坂を登った。東京23区からやってきた場違いの三十路がシティライクな服装で汗を流しながら根性に歩かされている様子はそれだけでめちゃくちゃ面白くて、断じてこういう自然との触れ合い方を求めにきたわけではなかったけれど、これはこれで脳みそを一時停止することができてリフレッシュになったと思う。「頂上にあったら嫌なもの」をお題に大喜利をしていてあまりいい回答が思いつかなかったのだが、実際に登頂したら自宅よりピカピカな高機能トイレが設置されていて一本が出た。

　カルチャー検定なるものが存在していれば、どの分野でも好成績を収められそうな日記ちゃんに「え、知らないの？」「嘘でしょ？？」となじられながら色々なことを教えてもらったけど、ナビがお粗末すぎるので助手席検定は受からないでしょう。三十分で着くところ三倍くらいのお金と時間をかけて真っ暗になってしまった相模湖を一瞥した後、帰宅。

　で終わりかと思ったら西荻でサクッと飲もうと入ったお店があたりで、店主と一緒に二時くらいまで飲んでしまった。この人も中央線の狭くて強いコミュニティの中にいるようで、三日連続でたのしい繋がりができた。

　帰り道、自転車を押す僕の腕を彼女が持つ。胸が当たっている。初めて対面した日も、彼女は自転車を押す僕の腕を持っていた。あのとき、胸は当たっていなかった。僕は彼女とセックスをしたいと思わない。「家に行ってもいい？」と言われたけれど帰ってほしかった。セックスするしないが二人を分断してしまうほど、安い関係なんだとしたら今日の登山は嘘だし、彼女を傷つけることになることも嫌だった。

　何もしないから行かせてくれと言う、ストロングスタイルは見習いたいくらい。結局同じ布団に入った。微睡の中で彼女の体温と吐息を感じる。あなたはどうでもよくない女性なのだからと、言葉の代わりに背中を向け続ける。

六月十一日㊏

いつものように、彼から日記が届く。自然に触れたいという一文で締められていた。檜原村に行かない？　と、およそ人類が誘われないであろう誘いがくる。小学生のころに、東京都唯一の村だと教科書で聞いただけの土地。一度くらいいってみたいなと思った。なにがあるのかわからないけど、山奥なんだから、そこに自然はあるだろう。

朝十一時に彼の最寄り駅で待ち合わせ。彼が運転する車で檜原村に向かう。ＤＪはわたしの担当で、昔キャンプにいったときにつくった「THE GREAT DRIVING」というプレイリストを流した。一曲目はQUEENの「Don't Stop Me Now」。彼はここ最近の日記に書かれていた近況を話す。彼には彼の活動があるのだけれど、そのことが書かれた日記を読むたびに、わたしは彼の人生を特等席で見学させてもらえている気分になった。それがわたしにとってなによりも贅沢なことだった。すごいね、よかったね、というばかりで気の利いた言葉はぜんぜん返せなかったけど、彼のがんばりが自分のことのようにうれしかった。こないだ冗談混じりに「二人で文フリ出たいね」って話していたので、「いっしょに往復書簡をやろうよ」と提案すると、彼は思いのほか乗り気だった。二人でだったら、自分たちだけのたのしさやおもしろさを超えて、いいものができるんじゃないかって、そう思わせてくれる人だ。

十三時すぎたころ、武蔵五日市駅周辺に着いた。どこかでお昼ごはん食べようと、適当に見つけたお蕎麦屋さんにいくことにした。広い家を改装したみたいな店で、ところどころに人ん家ぽい名残りがあった。彼とわたしはそれぞれ鴨つけ蕎麦、冷や汁蕎麦を選んで、カキフライとトマトとハス芋のジュレポン酢なるものもいっしょに頼んだ。こんなふうにカキフライと蕎麦を囲むのは休日ムーブがすぎるね、と顔がほころぶ。おいしすぎて、こんなにしあわせでいいのかなと思った。ありがとう、カキフライ。ありがとう、蕎麦。

二人で蕎麦をすすっていると、彼がわたしにサブカル検定をつくってほしいといいはじめる。わたしがたまに口にする、いわゆるサブカルっぽい人物や作品を彼は知らないことがまああって、彼はそのたびに「サブカル検定?」と茶化すのだ。そういうのいろいろ知りたいし、知らないことを教えてくれてうれしいと彼はいうけれど、これってサブカルマウンティングじゃないだろうか? ハラスメントはだめ。慎重にならなくっちゃ。わたしなんかサブカル検定なんてもの、つくれるほどの知識はないんだよ。いくらでも上がいる世界なのだから。

車に戻って、そのまま道を進んで檜原村へ。ろくに調べていないけど滝があるということはわかった。「サカサオッパの滝があるよ」といったら「逆さおっぱい⁉」と返されて二人で爆笑した。Googleマップを見ながら、道の果てまで車を進める。どんどん人の気配がなくなって、景色が山の中へと変わっていく。これは自然に間違いなく触れている。このまま進んでいくと「小林家住宅」という江戸時代中期にできた重要文化財があるようだった。とりあえずそのあたりを散策しようと車を停めると、突然信じられないほどのどしゃ降りが降ってきた。曇ってはいたけど、朝は降っていなかったから、二人とも傘を持っていなかった。かなりしゅんとした気持ちになりながら、祈るように車の中で待っていると、そのうち小雨になった。外に出れそうなことを確認して、車を降り、川のほうへと向かう。その近くに登れるように整備された山道があり、なにも考えずそのまま登りはじめた。目の前に続いていく斜面に「え、これ登山じゃん」といいあいながら、はあはあと息を切らして足を進めていく。小雨降る中、ときどき二人で足を滑らせて心が折れそうになりながらも、行けるところまでいってみようと登り続けた。「頂上にあったらいやなもの大喜利しよう」と彼がいいはじめる。わたしが「なにがいや?」と聞くと彼は「ダイドーの自販機」だと答えた。え、いいじゃん、とわたしは思った。頂上にあったらうれしいものの部類だ。ダイドーの、あの甘ったるいコーヒーが飲みたい。

やっとの思いで頂上にたどり着くと、そこには立派な茅葺き屋根の家があり、それがマップで見た小林家住宅だとわかった。あたりは意外なほど整備されていて、きちんとした事務所のような建物と、喫煙所すらあって、二人で拍子抜けしてしまった。もっと雑然とした場所を想像していた。二人でタバコを吸いながら、見晴台から山々を眺める。靄がかかって、緑が深く見えた。唐突に彼が「大きい声を出したいな」というと、いきなり「あーーーーー！」と叫んだ。突き抜けるようなすごく大きな声だった。その声はあたりにこだまして、しばらく余韻が残っていた。わたしも真似して叫ぶ。だけど、まったく反響する気配がない。何度めかの「ふあああああああー！」という大声でようやくこだましてくれた。横で見ていた彼は「ぜんぜん声出てなかったね」「一生懸命だなとは思ったよ」といった。

彼が喫煙所の隣の建物を指す。そこには外から木がかけられて、中からは開けられないようになっているドアがあった。「中にきっと監禁されている人がいるんだよ、ちょっと開けてみて」とわたしにいう。わたしはいやいやながら、木を手にとって、ドアをおそるおそる開ける。すると、中にはとてもきれいなトイレがあった。こんなよくわからない山の頂上にあるとは思えないほど、ハイテクできれいなトイレだった。トイレ内は自動センサーで明かりがつき、もちろんウォシュレットも完備されていた。「おれの家のトイレよりきれいじゃん。これが頂上にあったらいやなものだ」と見事な伏線回収にしばらく二人でけらけら笑っていた。

苦労して登ってきた上り坂は、帰り道、急な下り坂に変わった。雨を含んだ土で足元がずるずると滑る。一歩間違えれば死にかねないような急斜面で、わたしはUNIQLO and MARNIのセットアップを泥のなかに犠牲にさせながら、もうどうしようもないほど惨めな格好で下る。生まれたての子鹿を三倍くらい震えさせたみたいな感じだった。先を進む彼が「かわいそうー」とこちらを見て、カメラを向けている。東京都でいちばん惨めな姿をした人間。足元をとられないように慎重に下るけど、時たまお互い足を滑らせて「ああ！」と声をあげる。山の中で奇声あげる奇妙な二人組となった。彼がスマホで音楽をかける。そのうち彼が好きなシャムキャッツの「すてねこ」が流れてきた。彼も曲に合わせて「転がって転がって〜」と歌っているけど、こんなところで転んだらシャレにならんのよ。

無事に下山し、車に戻る。当てもなくひとまずきた道を引き返す。車内で自分たちの高校時代の話になった。彼とわたしは通ってきた文化圏がまったく違う。彼は体育会系、わたしは根っからの文化系だった。わたしは相対性理論を聴いて、チャットモンチーをコピバンした。彼はごりごりの体育会系に囲まれながら、一人こっそりくるりやCAMELを聴いていたという。それを人と分かちあうことはなかったと。わたしたちはきっと同じクラスにいても、たいした会話をすることなく卒業するような場所にいた。だけどこうして出会ってたのしく時間を過ごすことができる。人生はいつどこでなにが交差するのかわからない。

まだ実際には会ってなかったころ、「Tinder内で、わたしが「湖にいきたい」といったことがあった。お互いそれを覚えていた。奥多摩湖は逆方向。南に行けば相模湖がある。まだ微妙に行けなくはない時間。だけどいくには微妙な距離感。どうしようかと結論が出ないまま、とりあえず街まで戻ってきて、コンビニに寄る。彼がクリームパンを買っている。コンビニでタバコを吸いながら、彼が「湖、いきたい？」とわたしに聞く。「いきたい！」と答えると「じゃあいこう」といってくれた。いきたい？と聞いた、その顔にきゅんとしてしまった。うれしくて駐車場で踊っていたら「踊るのは禁止」といわれた。風営法で捕まってしまうらしい。

カーナビの操作性が悪くて、相模湖までの道を、わたしが道案内することになった。これがすべてのはじまりだった。先ほどのコンビニからすぐの高速に乗ったのだけど、わたしが指示を間違えて、乗るべき高速を間違えた。入った高速のすぐ近くの出口で降りる。すぐ乗って、正しい道に入ったのだけど、今度は分岐の道案内を間違えてしまう。相模湖方面にいくには戻らなくてはならない。数十キロの高速をただいって帰ってくるだけ。『マッドマックス 怒りのデス・ロード』かよ。無駄な走行、無駄な高速代。やらかしたと、心の中に罪悪感が募る。だけど彼はマッドに怒れることはなく、お互いの気まずさを払拭するように、わたしに話題を振った。そのやさしさをわたしはどうしていいかわからなかった。ごめんなさい以外に言葉が見つからないのだけど、彼だってごめんなさいといわれ続けてもどうにもならない。「君はもうお役御免だよ」といって、カーナビを設定してくれた。

でも彼には申し訳ないけれど、あの無駄に走った道のりで薄曇りの山並みの向こうに見える空が群青色に変わっていく様をわたしはたのしんでいた。車に乗る習慣のないわたしにはこうした車窓が特別だった。この景色が見れてよかったと思ってしまった。死ぬときの走馬灯にいれておいてほしい。暗くなっていく空を見て、彼が「これは夜明けの湖だね」といった。わたしがTinder内でいきたいといったのは、夜明けの湖だったのだ。

カーナビのおかげで、ようやく相模湖に着いた。どこか適当なところに降りたかったのだけど、ここでもわたしがどうしようもない案内をしたせいで、もうどこかなにもわからないどうしょうもない山道にきてしまった。相模湖から遠ざかっていく。どうにかUターンをしてもらった。もう時間がないから戻ろうと、帰ることになった。わたしの道案内のせいで、何分無駄にしたのかわからない。彼が「どうにか相模湖にきた傷跡を残したい」といって、湖の近くに向かった。適当に下りた先には、ちゃんと湖があった。手前に真っ暗の水と奥には人の生活が水面に反射して光っている。「これは相模湖だね」といいあった。ここまで連れてきてしまったから、彼にどうせならもっとちゃんとしたところで、この大きな水を見てほしかった。自分がポンコツすぎて死にたい。もう取り返しつかぬ申し訳なさを感じながら、わたしはどうにか湖をたのしもうと、揺れる水面のきらめきを眺めていた。嘘だと思われるかもしれないけど、わたしはきてよかったと思った。見ない人生と見る人生があったなら、わたしは見る人生を選ぶ。きっとこの景色、忘れないよ。

帰りの車内で、彼がカネコアヤノをかける。彼はカネコアヤノ信者で、このときほど、カネコアヤノになりたいと思ったことはない。もしわたしがカネコアヤノになれたら、彼の行き場のないの感情を吹き去ることができたのかもしれない。高速を走りながら、わたしたちはひたすらカネコアヤノを合唱した。わたしは歌詞はところどころしかわからないけど、彼はずっと気持ちよさそうに歌っていた。このときほど、カネコアヤノに感謝したことはない。このときほど、カネコアヤノがいいと思ったこともない。カネコアヤノのおかげで、二人のあいだのきまずさはいつしか解けていった。

高速から降りたころ、彼ができ上がったばかりの自分のバンドの音源を聴かせてくれた。カーナビの道案内に邪魔されながら、じっと曲に集中する。彼のバンドの曲を聴くのは初めてだった。カーステレオを見つめて、高揚していく心を感じていた。なんでこんなにも感動しているのか、自分でもわからなかったけど、とにかくよかった。少し泣きそうになった。「すごくいい曲だね」といった。

彼の家の近くで、どこかで食べようとお店を探す。日曜日だからか、早仕舞いが多くて、なかなか決まらない。わたしがピンを立てていた店にいくために、少し遠くまでいってみるけど、そこも休みだった。もうだめと思ったとき、その隣の店に目を向けた。これは意外といいんじゃないかと顔を合わせて店に入る。刺身や海鮮料理、天ぷら、それに洒落た煮込み料理。当たりだと思った。よかった。もうこれがどうしようもなかったら、今日は挽回することができなかっただろう。

「今日はほんとうにごめん」というと、「車に乗り慣れてないからしょうがないよ」とフォローしてくれた。「というかあのクソカーナビが悪い」と。彼は一度もそのイライラをわたしにぶつけることはなかった。わたしは彼のやさしさにずっと小さくなることしかできなかった。おいしいごはんとお酒のおかげでなんとか持ち直して、二人できゃいきゃい話していると店主から話しかけられた。話してみると、それぞれがそれぞれに共通項があることがわかった。そして、店主さんも彼も音楽をやっている。こんなふうに飛び込んだ店でまさかの出会いだった。二人がしばらく盛り上がっているのを、わたしはニコニコしながら聞いていた。会話の流れで店主さんに「二人は付き合ってるんですか？」と聞かれる。わたしが食い気味に「違います」と答えると、彼は「友だちです」といった。彼がわたしたちがどのようにして出会ったのか聞いてほしいと、店主さんに話しはじめた。わたしは嫌がるべきところなのかもしれないけど、そういうことを乗り越えてしまうくらいに、わたしたちの出会いは数奇で、わたしたちの関係はとても純粋なものだと思っている。彼はそれをほんとうに心の底から思っているのだと思う。

Tinderでストイックに二ヶ月間以上ほとんど日記だけの交換をしたこと。そのあと、初めて二人で会った日に朝までカラオケにいったこと。その六日後に、ひょんなきっかけから、わたしが彼に「わたしはあなたのことが好きだけど、あなたはどうなの？」と聞かなくてはならなくなったこと。彼はわたしに恋愛感情は抱いていないけれど、それはそれとして、いまでも日記の交換を続けていて、わたしたちは友人関係を築いていることを店主さんに話した。店主さんはわたしに「実際のところ大丈夫なんですか？」と聞いた。「わたしはこの人を好きでいることで十分だしそれが大事」だと答えた。本人は目の前にいるけれど。この関係に再現性はない。この感覚はおそらく当事者にしかわかりえないことで、人に説明すればどうやっても、彼が加害者で、わたしは被害者になってしまう。でも彼はわたしの恋心を利用したりしない。人として信頼されているこことがわかる。だから会わないようにしたり、接触を取らないようにするのも、なんだか変だ。だからといって、わたしが彼を好きでないふりをするのも変だ。だって好きだから。

この恋はいままでの恋とはまったく違うもので、わたしも初めての感情を経験している。片思いはつらいものであることがデフォルトだと思うけれど、わたしはあまりつらさを感じていない。それはたぶんわたしが好きだという気持ちを表現しても、その気持ちが清々しく互いのあいだに流れるだけだからだ。その事実がただそこにあり、気まずいわけでも、重いわけでもない。ただそうであることがある。わたしは付きあうとは「いつでも相手に好意を伝えてもいい」というお互いの合意だと思っている。わたしたちは付きあってはいないし、好意は伝えてもいいと許されているわけではないけれど、好意があることを伝えることはできるし、それを差し止めることはしない。

それは彼の懐の深さのおかげだ。だから愛を受け止められることはなくても、愛を伝えることができるだけで、わたしにとっては十分すぎる。これ以上を求めていないといったら嘘になるけれど、それだけでもわたしは満たされている。こんな気持ちで人を好きになれたことがわたしにとっては財産で、こんなにも人を好きになって、好きだといってもいいというだけでよかった。わたしは彼をいちばん愛した人になりたい。わたしは、彼のことを好きでいるだけで十分なものを受け取っている。わたしが彼に返せるものがあるならば、なんでも返したいよ。

あとからやってきた常連さんたちとも盛り上がり、気がつくと終電も終わっていて、お客さんが「もうこのへんで終わりにしましょう」というころには、朝四時をすぎていた。薄明かりの商店街を彼と二人で歩く。深い青がうっすら白んでいる。夜明けの空。こんな色の空を見たのはひさしぶりだ。始発が動くのを待つのには長く、タクシーに乗って帰るにはもったいないくらいの時間だった。そんなことは言い訳で、わたしは彼ともう少しいっしょにいたかった。「なにもしないから家にいってもいい?」と聞く。「いやほんとにぜったいなにもしないからね」と念を押したら「それは男がいうやつだよ」と笑っていた。二人で歯磨きを済ませ、彼は仕事があって朝が早いので、そそくさと布団に並んで横になる。そして一瞬のうちに眠りについてしまった。

彼がかけたアラームが鳴る。わたしは自分のスマホをカバンの中にしまっていたので、いま何時かわからない。横で、んーと唸っている。一応、起こしたほうがいいのかなと思って、じゃれるように「起きてー」と声をかける。「七時半になったら起きるよ」といって、もう一度寝はじめた。呼吸をする彼の体にぴたりとくっついて体温を感じる。これは友だちの距離ではない。この恋においては、自分の性欲はどこか奥底のほうに埋まって、それがあるのかないのか自分にもわからないほどだった。もしかしたらないのかもしれないとすら思ったこともあった。そんなことよりも目の前にある尊さのほうを強く感じ取っていた。だけれども、わたしはやっぱり恋に性欲がくっついてくる人間だった。わたしは彼とセックスがしたいと思っているのだと、気づいてしまった。そして、それはちゃんと自らを律して避けなければならない。わたしたちのはつらつとした関係に、それは不似合いであるし、それは自らの手で自分たちの関係を壊しかねないことである。セックスしたくらいで、なにかが変わるわけないなんて、そんなふうに割り切ることはぜったいにできない。性的な快楽は狂わせる力を持っている。彼が起きるのを見届けて、わたしは足早に家を出た。

人生とはあらゆる偶然の産物だと気づかされるときがあるけど、まさにそんな長い一日だった。いつだって予測しえないことが起こる。なにかが違っていれば、出会うことがなかった出来事がいくつもある。そして、人生はあらゆる選択の先にできた道筋だ。わたしがあのとき高円寺で一人暮らしをはじめていなければ、Tinderでのいくつかの失敗を経て、「日記」だなんて馬鹿な名前でTinderを登録しなければ、この出会いは存在しえなかった。この出会いを紡いだ数々の自分の選択に感謝した。彼と出会うことができた人生でよかった。

六月十二日㊐

『わたし達はおとな』を見るために、アップリンク吉祥寺へ。チケット売り場につくと、三人の小学生くらいの男の子がいる。それぞれ一人ずつ台の前に立って「え、どこ」「この席だよ」「次どこ押すの」「ちげ、これだよ」お互いの画面を触りあい、あくせくしながら、チケット購入している。『ドラゴンボール超 スーパーヒーロー』をアップリンクで上映してることとの恩恵をこんなかたちで享受するとは思わなかった。その少年たちの風景が、日曜の夕方のなかでも、群を抜いて美しいものに違いない。こんなふうにドラゴンボールを観たことは、おぼろげながら彼らの記憶に残るのだろうと思うと、その姿があまりにも愛おしい。マスクがなければ、変質者として、怪訝な視線を向けられかねない表情でその一部始終を眺めていた。ありがとう、今日ここにきた価値がこれだけであった。映画がどんなものでももういいや。
『わたし達はおとな』は『ブルーバレンタイン』を二百倍くらい鬱にした映画だった。見終わった直後に視界に入った若い男性に対して、反射的に嫌悪を抱いてしまうほどに。間違っても男女で見ないほうがいい。エンドロールが痺れる。

六月十六日㊍
雪の日の人から五月に連絡がきて、そこから何度かメッセージのやりとりをしていた。「その生活じゃムラムラせん？」といわれて、要するにセフレの打診があった。「性病でしばらくできないけど、いま好きな人がいるから、そーいう相手がいるのはわたしも助かる」と伝えていた。好きな人にハマりすぎたくなかった。そういう人がいるほうが気が楽だと思った。二十一時すぎに突然「ムラムラしてる～」と連絡がきた。「最後までできないけど、抜きにいってもいいよ」というと、「うれしい、はやくきて」と返信がきた。部屋にいくと真っ暗で、ろくに話もせず、わたしを抱きしめる。

六月十八日㊏
三週間ほど前に、わたしの誕生日会をしたグループで、ふたたび誕生日会をする。サプライズされる側からする側へ。わたしは中野〜高円寺間を駆けずり回って、酒と食の手配。メインは七福神の寿司の出前。友だちはプレゼント探しに奔走して、悩んだ末にirohaのバイブを買っててうけた。

もうつるみはじめて七、八年が経つ。今更になって、グループ内で恋愛が勃発していて、まじかーと思うが、そんなことでわたしたちの友情は崩れることはないと、お互いがお互いを信頼しあっていて、だから当人同士が納得するかたちにとりあえず落ち着くしかないよねと、心配しつつも見守っている。それだけの歳月が経てばいろいろなことが変わる。仕事マンで激務だった子が、激務さに耐えきれなくなって、休職せざるをえなくなったり、バイトで入ったはずの新人デザイナーがなんでも任されちゃう有能デザイナーに成長していたり、仕事で病んで休職したと思ったらスナックで働きはじめたり、フリーター、ニートを経て、映像制作マンに戻ったり。それぞれの状況は変化しながら、その変化をゆるく共有して、でも会えばずっと昔と同じように、会話にならない会話をして、明日になったら覚えていないほど飲んで、記憶というより、とにかくたのしかったという感情しか残らないみたいな時間を過ごしている。自分がどんな状況であっても、肯定しあうことができる関係性だと、その存在のありがたさに、わたしはようやく気づくことができた。いままでわたしはその貴重さをわかっていなかった。ごめん。いろんな変化がこれから先もたぶん起こる。これも永遠ではないのかもしれない。だから、みんなで過ごせるあいだは、もっとみんなのこと、大事にする。これまでわかっていなかったぶん、ちゃんと大事にするよ。

六月十九日㊐

窓を開け放っていると、隣に住むおじいちゃんに、部屋の全貌とわたしの存在がすべてフルオープンになってしまうのだけど、そんなことはもう気にせず、日差しと風をできる限り部屋のなかに取り込んだ。ベッドに横たわって、体に残った酔いで、ふわふわと浮遊する。気持ち悪さと隣り合わせの二日酔いと手を取り合って、わたしの体をどこまでも浮かす。

もういい加減起きて、昨日の宴の抜け殻を片付けろっていうので、ふらふらになりながら、Spotify開いて、食器を洗う。サニーデイ・サービスの「おみやげを持って」が流れた。「隣のパン屋さん、カレーパンの匂いでいっぱい、ぼくはなんだか幸せな気分です」抱きしめたい歌詞だ。シャワーを浴びて、走って三十秒、歩いたら一分くらいの投票所に向かう。杉並区長選。毎度のことながら、名前ちゃんと書けたっけ？ 自信がない。積読タワーから一冊本を抜きとって、ぱらぱらとめくる。大崎清夏さんの『踊る自由』。そんなことあるはずないのに、わたしの話かと思った。身に覚えのある愛おしさだったし、寂しさだった。ノートにいくつかの走り書きをした。

阿佐ヶ谷のwelterのマーケットを覗きにいって、古着屋をいくつか見て、シンチェリータでジェラートを食べ、古書コンコ堂でECDの『他人の始まり 因果の終わり』を買う。阿佐ヶ谷の王道ルートで時間を過ごすとそれだけで充実した気分になれるから好き。

オープン当初からきてみたかった三軒茶屋のtwililightにいって、目当ての藤本徹さんの詩集を買った。そのあと、日記を交換している人と合流した。思わぬ点と点がつながり、世の中は狭さを思い知る。こういうことがあるたび、悪いことはできないと思う。日記を交換する人に会うとイメージと違うとよくいわれる。だけど今日は「日記のままの人ですね」っていわれて、なんだかうれしかった。ほら！ 日記のまんまじゃん！ わたし！ っていいたい。

六月二十日㊊

ECDの『他人の始まり 因果の終わり』を飲み終える。この本は章立てではなく、場面の切り替えや途切れはあるものの、文章が連なり続ける。ECDがかねてからずっと書こうとしていた、父親とのことを書き進めようとした矢先に、弟の死や父親の病気が続き、そして自らの闘病生活に入っていく。書きはじめたときは想定されていないドキュメント。現実と交差する、記憶。そして、過去の記録。絶え間なく流れ続ける文章が彼が生きている道であり、読んでいるあいだそのリアルにずっと伴走しているようだった。こないだ、『ECDIARY』を読んだときも思ったけれど、ECDの文章には嘘がない。こんなことを書いたら恥ずかしいという気持ちにも嘘がない。それでいて、読み手とは一定の距離感を保ち続ける。こちらに入り込みすぎることはない。そういう文章だと思う。やっぱり好きだなと思うと、もうこの人の新しい文章は出てこないということが無性にかなしい。幸い過去の文章があるから、それを少しずつ読もうと思うけれど、たぶんそのたびにかなしい気持ちになってしまうんだろうな。

六月二十一日㊋

熱海出張。なんだか甘美でえっちな響き。もちろんそんなことはなく、ただただ会議室に缶詰めになっていた。でもとてもいい時間だった。せっかく熱海まできたのだから、熱海っぽいことをしなければ。となれば、温泉なので日帰り温泉を探す。だけどオフシーズンの平日で空いてない施設も多いみたいだ。いちばんよさげな日帰り施設を見つけたけど火曜定休だった。かなり不本意だけど大江戸温泉にいくことにした。温泉感というより、スーパー銭湯なので、求めているものと違う。しかもスーパー銭湯だとすれば、サウナがない。まあでもそんなことをいっても風呂は風呂だ。露天風呂と露天風呂のあいだに、『HUNTER×HUNTER』を読みつつ、温泉をたのしむ。雨で曇っているけど、今日は夏至だから、一年でもっとも日が長い。露天風呂のすだれの隙間から薄曇りの海を眺める。晴れの海はもちろん好きだけど、雲に覆われ、灰色に沈んだ海も好きだ。

大江戸温泉近くの適当なお店に入る。酔っ払った団体客らにあからさまな「女の一人客だ」って視線を浴びせられながら、カウンターに座る。魚のクオリティが高く、気分をよくして飲んでいると、ぎょうざと唐揚げを持った地元のやば客に絡まれる。旅の先のなんとかというやつだと思いながら、会話に付き合っていると、肩と手に触れられる。いや触らないでくださいよ、と冗談を諭すみたいな声をあげてしまう。別に会話をするのは構わないのだけど、こちらに触れてきたりするのは気持ちが悪い。その場ではあまり気にしないようにして取り繕ってしまったことを後悔した。なぜわたしがこんな思いをしなくちゃいけないんだろう。こういうとき、あとからいやな気持ちになったりする。お店の人が怒って、その人を追い出した。そのあと会計すると、ほんとうにごめんなさいと謝って、いくらか割り引いてくれた。別にお店の人は悪くない。ほんとうは熱海で一泊してもよかったのだけど、もう泊まるのもめんどくさくなってしまって帰ることにした。高円寺の駅で降りて、飲み直すか、もはやヒトカラでもしたい気分だったけど、家に帰って弾けないギターを弾いて歌った。

六月二十三日㈭

髪が伸びるスピードが異常に早いがために、お金と時間を髪のメンテナンスに使う必要がある。美容師さんのことは好きだけど、もはやだれよりも会ってるじゃないかと思うほどに、美容院にいかなくてはならない。めかしこんでいるし、髪を切ったあとはだれかに会いたいので、Tinderで知り合った友だちに連絡した。COSでセールがはじまったので覗きにいく。これから真夏だというのにニットを買ってしまった。まあでも天変地異でも起こらない限り、ニットが必要な季節はやってくるしねと自分にいい聞かせる。

文禄堂で彼と落ちあう。彼は天才的な日記を送ってくれていた人。いまはクラブでの出来事や散歩(移動、と呼んだほうがいいのか)をnoteに記録している。それは、日記でも、レポートでも、エッセイでもない。当てはまる言葉がないというか、なにかに当てはめたくない、それは彼に対して失礼な気がする。そういう文章。それは思考ではなく、肉体を使って五感で書かれているように感じる。彼が感じた世界そのものを追体験できるようで、毎回読むたびに衝撃を受ける。あんなもん、ほかで読んだことがない。わたしにはぜったい書けないなあと思う。

彼が投げかける話題はいつも抽象度が高い。今日は「最近は距離について考えている」「おれはホラーで生きたい」だった。わたしはそれに重要な示唆を得る。そういうボールを最初に投げることができる人。そのおかげでわたしも遠くにいくことができる。わたしは「シリアスに生きている」といったけど、それはとてもリアリストな一面を持っているから。現実に囚われているせいで見えなくなっていることがある。でも彼は世界はもっとシンプルだということに気づかせてくれる。それは彼が言語を中心とした世界ではなく、感覚の世界に生きているからだと思う。

「なにかをやらないといけない気がする」というと、「自分が好きなことをやるってやっぱいちばんむずかしいと思う。だからなにかをやることよりもなにをやらないか決めることのほうが重要だと思うんだよね」と話してくれた。

最近のわたしの日記に対して「日記にも梅雨がやってきてた」といっていたけど、話しているうちに梅雨明けの兆しが見えた。ありがたい友だちだ。わたしはいつか彼に被写体になってほしいと思っているので、それをお願いした。

六月二十四日㊎

あづまであんみつを食べるはずが、なぜか抹茶アイスを食べていた。隣のカップルの女の子が宇治抹茶のかき氷を食べていてうらやましかった。自転車を漕ぐジーンズが汗で蒸れるし、今日は疑いようがないほどに夏。

夜、グッナイ小形さんと世田谷ピンポンズさんのツーマンライブにいった。この感覚を他者と共有することはできないかもしれないけど、世田谷ピンポンズさんの演奏は、その情景描写が浮かび上がってくる姿がマンガ的な表現だと思った。このマンガ的なる感覚ってなんなんのか自分でも説明がつかないけど、そう思った。歌詞にでてくる固有名詞や土地が思い入れあるものも多くて、自然と感情移入してしまう。エモいと本人がいっていたけど、エモなんだけど、軽やかで気持ちよくメロディーに乗っていられる。そういう心地よさがよかった。MCもツボでケタケタ笑ってしまった。かわいい人。

グッナイ小形さんは何度か路上ライブを聴いたことがあったけど、ライブにいくのは初めてだった。二人は近しい部分はあるけど、いい意味で対照的だと思った。ピンポンズさんは安心を与えてくれるけど、小形さんはそれを許してくれない。油断できない、どこかに持っていかれそうな不安さがある。小形さんの歌声はこちらに迫ってくる、侵入してくる、飲み込まれるものがある。完全にくらってしまって、惹き込まれる。路上の雑多な空間も好きだけど、こうして音楽に集中できる空間では、よりそれをシャープに感じられて、核心をつかれたようだった。

ライブ後にピンポンズさんに「エッセイ読みました」と伝えにいったけど、ろくな感想がいえなくてちょっと落ち込んだ。でも文章のまんまの人でやっぱり好きだなあ〜と思った。

家に帰って、インスタントラーメンを啜って、ビールを飲んでいると、グループ通話がはじまっていた。スナックで働きはじめた友だちが徒歩で家に帰るまでのあいだに電話をかけている。だれかと話したい気分だったからうれしい。夜風に当たりながらタバコを吸っていたら、外を散歩したくなって、電話をつないだまま、家を出た。「スナックきてよー」に、低い笑い声で返したら「石油王の笑い声」っていわれる。スナックで石油王の笑い声しているやつはやばい。

話題はグループ内での片思い、いや両思いなんだけど、うまく進んでいない恋愛の話になった。付きあう付きあわないとなると、それにエネルギーを割く、時間と気力はどうやったって必要だ。当事者にとってなにが正解なのかはわからないけど、相手を思いやるという点において、完璧だと思った。やれることはやって、もう待つほかない。彼の覚悟に愛を感じた。もう一方の友だちは「どうやって人を好きになればいいのかわからない」といった。人を好きになることや付きあうことに前提となる自己肯定感というやつは、とらえどころがないし、自分で感覚をつかまない限りは、どこまでいっても抜け道がない。わたしも最近薄ぼんやりと掴めそうなその感覚をどうにか確かめながら過ごしてる。わたしが「好きという感情の幸福に目を向けている」という話をはじめたら、一人の友だちが気を失ってしまった。三時もまわっているし、もう寝ようというと、「でもその話、いままであなたから聞いた話でいちばんいい話だよ」っていわれたので、よしとする。

六月二十五日㊏
母にベッドを送るので、朝早起きして掃除をする。サニーデイ・サービスや折坂悠太、カネコアヤノを歌いながら、部屋のなかのスペースをつくってゆく。
友だちに高円寺にまできてもらって、お茶をする。二年ぶりに会う彼女とは話したいことがたくさんあった。彼女はいま勤めてるデザイン事務所を辞めるらしい。独立するか、どこかに籍を置くか、今後のもろもろは八月にとりあえず北海道で過ごしてから決めるという。なにも考えられないときはなにも考えないのがいいね、と無責任なことをいったけど、ほんとうにそうだと思ってる。そういうときは自分の気持ちに従うのがいちばんいい。年齢的なこともあって、仕事の岐路に立たされている人は多い。でも、どんな選択でも、友だちには自分が納得できるものを選んでほしいと思う。

仕事の話はそこそこに恋バナ。会わないあいだにマッチングアプリで出会った人と付き合って別れたという。付き合いはじめたころ浮気をしていたことがわかって、それを問いただしたら、誤魔化そうとしたので、冷めたといっていた。いつかTwitterのタイムラインで「女はひどいことをされても許すが、ダサいことは許さない」と流れてきたけど、その通りだよねといった。そんなダサい男と別れるきっかけができてよかったと笑っていた。数々の男性たちとマッチングアプリで会ってきたらしいが、その邂逅はなかなかにひどいものばかりだったと彼女はいう。人としての最低限のラインに達していない、会話が成立しないとかでもなく、女性蔑視、偏見、差別などなど…。せめてこのへんだけは乗り越えて社会に出てきてほしい。わたしもまあまあマッチングアプリで人と会ってきたほうだけど、気が合わないことはあれど、いやな思いをしたことはあまりない。どうやって見分けているのかわからないけど、そのことに対するアンテナが異常に高いのだと思う。失礼なのは許すけど(わたしもたいがい失礼な人間…)、なめた態度は許さない。ジンジャエールをすすりながら、お互いの人生について話すというのはとても健康的で、こういう友だちを持てただけでもしあわせだ。
家に戻って、シングルベッドを無事見届ける。気がついたら、ビールをあけていて、気がついたら、眠っていた。おなかがすいたので、うどんを食べにいって、ひさしぶりに敷き布団で眠りについた。

六月二十六日㊐
わたしにはずっと恋をしている人がいる。でもその人はもう亡くなってしまった。ジャン゠ピエール・レオーという。いや、アントワーヌ・ドワネルといったほうがいいのかもしれない。そして、ドワネルはまだ生きているのかもしれない、スクリーンの中で。ドワネルと初めて出会ったとき、まだ彼は十二歳だった。大学の一角で、映画を観るにはあまりにも小さい画面の中で、彼と出会った。『大人は判ってくれない』という映画だった。ちょっとした出来心のいたずらから、どんどん事態が悪いように転んでいく、そんな彼の人生がかわいそうで仕方がなかった。まだ幼いこの子はこれからどうなるのだろうと思って、ただ悲しみに打ちひしがれるしかなかった。あるとき、この映画には続きがあることを知った。そうしてわたしは彼と早稲田松竹で再会した。再会した彼は、あの悲しみはどこにいったのかと思うほどに、どうしようもなく責任感がなく、適当で、女たらしで、だけど人生を一生懸命生きていた。その姿の愛らしさに、わたしは恋をしてしまった。映画のたびに恋人が変わるし、ほかの女の子にすぐ目移りするし、浮気症でどうしようもない彼なのに、彼が眉毛を下げるだけでわたしはなんでも許せた。そこからずっと、彼に恋したままなのだ。

と、ここまで、フランソワ・トリュフォーのドワネルシリーズについて、書いたけれど、ただドワネルとの思い出を振り返りたかっただけで、今日はドワネルシリーズを観てはいない。トリュフォー特集上映で『アデルの恋の物語』を観た。いかにも、トリュフォー好きって感じの、ブラウスとプリーツスカートを着て。ヴィクトル・ユゴーの娘、アデルの恋のはなし。映画の途中でヴィクトル・ユゴーの娘だってわかるんだけど、あれ、ヴィクトル・ユゴーってどの人だ？　ってそちらに神経が引っ張られながら、こういうときに自分の無教養さを恥じたりする。映画の中でさりげなく『レ・ミゼラブル』の著者であることを教えてくれた。

六月二十七日㊊

楽天モバイルの契約を諦めて、ベルクに吸い込まれる。ジャーマンブランチとハーフ&ハーフ。電車で戻って歩いていたら、サイゼリヤに吸い込まれる。テキトーなバルに入るならば、サイゼがコスパがいいし、iPadで『ONE PIECE』を読んでいたって恥ずかしくない。家に戻ると、友だちがまた電話をしていて、また恋バナをしている。友だちがいい放った、夏と祭りとセックスはほぼ同義、という名言が残った。

六月二十八日㊋

タイ料理屋で一人ガパオライスを食べていると「ムラムラしてる」と連絡がきた。「はやくない?」とメッセージを送ると、「一人でしよっかな」と返信がきた。到着時間を告げて、彼の家に向かう。こないだと同じように、わたしは口で愛撫して、直接触れることができないので、彼は玩具を使う。「好きな男、なんて名前なの?」「その男、あなたがこんなに上手なの知らないなんて残念だね」「そいつとはしたらだめだよ」という言葉が上から降ってくる。

0時すぎに高円寺駅で降りる。0時すぎたときに、日記をどちらの日付にするかなんてばかばかしい悩み方はしない。好きなほうにする。そこにルールは無用だ。いまからお酒は飲みたくないけど、一杯のコーヒーが飲みたい。この時間のパパクレープの誘惑に勝つ、高円寺民をえらいと思う。コンビニに寄ると、店員が「金たわしありませんか?」と聞かれていた。深夜に金たわしの有無を聞かれるのだから、たいへんな仕事だ。一周まわって、スタバの新作(概念)が飲みたい。スタバの新作はたいがい甘くて冷たい。今日はあまりよく眠れないことはわかっている。

六月二十九日㊌
先日婚姻届の証人をした親友が高円寺に用事があるというので飲むことになった。会いたい人に会いたいタイミングで会えるのがいちばんしあわせ。大将で生ぬるい風をまといながら、マカロニサラダをつついて、飲むビールがいちばんうまい季節になった。彼の指にきらきら光る指輪をめざとく見つけて「どこの?」と聞くと「カルティエ」といわれて、はえーって気の抜けた声で鳴いちゃった。あなたがカルティエで指輪を買うような人生を想像してなかったよ。酒にめっきり弱くなってしまった親友はコーラとジンジャエールを頼んでいる。結局ジュースがいちばんおいしいとみうらじゅんがいっていたらしいけど、それはほんとうに正しいと思う。彼の結婚指輪の写真をグループＬＩＮＥにあげると、二十三時半にいれ違うように、ほかの友だちがやってくる。

もっとみんなきてくれればいいのにな。

合流して二人でバーにいく。あとからやってきた友だちはバンドマン、というか音楽の人？（いろいろやってる）なので、最近の仕事の音源を聴かせてもらう。わたしの好みの曲ではないことをわかっているから「ぜんぶ顔に出てる」といわれてしまい、すみません。いまやこれからの仕事のはなしを聞く。理想と現実はあれど、自分なりにチューニングをしながら、引き受けるってなかなかできることではない。これからやっていきたい音楽のはなしにいいじゃん、いいじゃんって軽口交えながら話すと「正直にいわれてよかった」といわれる。何度か日記にも書いてるけど、わたしは表現物や創作物に対して、嘘をつくことができないし、正直でいることがいちばんのリスペクトだと思っている。少しでも心が動いたならば、それに対してできうる限り伝えたいと思うし、そのことを信用してくれるならば、そのように信頼関係を築きたい。そういう態度であることが自分の責任だと思っている。「でもおれ、無条件にほめてほしいときはあいつに音源送るよ」と、仲間内でとにかくなんでもほめる子に連絡するといっていて、笑った。だれもが同じである必要はないし、そのような人も必要で、それぞれがそれぞれに役割があるよね。二人から「おまえはいい女なのになあ〜」といわれたけど、毎回会うたびにそういってくれるいい男たち。爆速でいい女を更新していきたい(自分比)。

六月三十日㊍

街で走って追い抜けないかわりに、自転車をこいだ。追い抜けない人はいない。追い抜きたかったんじゃなくて、風を切りたかっただけだと気づいた。だから中華屋に入る。こんな暑い日にクーラーがろくに効いてなくても許せる中華屋はどんなことがあっても愛せるはず。ほとんどの客が頼むようなものは頼まず、五目そばを食べる。野菜さえあればだいたい帳消し。テレビは危険な暑さだというけれど、家に帰ればわたしだけ安全。それがほんとに安全かなんて考えない。

街がぬるさとピンクをまとうころ、夏越の祓なんて、かっちょいい儀式のために近所の神社に向かう。藁でできた円は茅の輪と呼ぶらしい。八の字に三周して、身の穢れを落とす。まあわたしなんて、相当穢れてますからね。水無月なんて洒落た和菓子はないので、一切れ三百円の西瓜を買った。

七月一日㊎

ひさしぶりに出社。定時になるとおねえさんから「仕事終わった〜? 出るよ〜」といわれて、みんなで一斉に会社を出た。それぞれが「おつかれさまです～」と散り散りになっていく。定時に上がった華金でもだれも「飲みにいかない？」っていい出さないところがいい。

ファーストデーだから『リコリス・ピザ』を観に吉祥寺へ。映画まで時間があるのでビールを片手に井の頭公園に。T字路sの「これさえあれば」を聴きながら橋を渡る。これまで井の頭公園を何周したんだろうか。中央線に住みはじめるずっと前から井の頭公園を回り続けている。

映画館を足早に出て西荻に向かう。こないだきたお店に向かうと店主さんも覚えてくれていた。カウンターで、常連のあいだに座ると、「どこからきたの？」「どうやってこの店を知ったの？」「いまなにしていたの？」と質問責めにされる。わざわざ西荻にきてくれてうれしい、と目尻を下げながらいう隣のおじさんと乾杯する。たまに西荻で飲むこともあるけれど、みんな優しくて舌が肥えてる大人だ。そして、みんな西荻が大好き。周年でキャンプにいくからあなたぜったいきてほしい！と常連のおねえさんにいわれる。おねえさんには名前がいいね、声がいいねとほめられて照れた。みんなは朝まで飲むというけれど、明日朝が早いと嘘をついて、終電前の電車に向かう。駅に着くと、ざわついてる。この時間に遅延。みんなは朝まで飲んで正解だなーと思いながら、水をホームで一気飲み。待てども待てども、ホームでアナウンスが流れるだけでいっこうに電車はこない。こういうのもすごくひさしぶりだなと思うと許せる。急ぐ理由もない。いちはやくシャワー浴びたいけれど。無事に今日最後だという電車がやってくる。しっかり高円寺で降りる。

いつもの帰り道、左右を確認して、おとぎ話の『COSMOS』を流して走り出す。人はいる。COSMOSで走り出したことがある人はみんな友だちです。サンダルのせいでうまく走れないいんだけどね。

七月三日㊐

もしはやく起きれたら神奈川県立近代美術館にいこう、と思って眠りにつく。どうせはやく起きないだろうと思っていたけど、目覚めると七時半だった。理想的な時間。逗子までは二時間かかるので、車内で『ONE PIECE』を読む。最近ONE PIECEをひたすら読んでいるけど、もはやONE PIECEを読むために移動してるとも言える。

逗子に着いたらいつものように美術館行きのバスに乗る。海には人がいっぱいで夏の風景。夏らしい時期にここにきたことがなかったかもしれない。いつも寒い季節で、だれもいない砂浜を見るのが好きだった。今日は連日の猛暑はやわらいで、風の涼しさをきちんと感じることができる。暑さと涼しさが共存した夏ならば、夏を愛することもできるのかもしれない。

今回の目的は写真家のアレック・ソス。写真の展示はいつもむずかしいと思う。五分で見ようと思えば見れてしまう。見どころを見つけるのがむずかしい。今回展示されている写真集のドキュメンタリー映画があったので、先に観ることにした。作品をじっくり観る前に情報をいれるのは邪道だと思うけれど、自分の感性だけで掴めることは限られるから、作品以外の言葉や情報でのコミュニケーションを通して、作品の背景なりその手がかりを探すほうがわたしには向いている。でも、まずは作品にじっくり向きあうという鑑賞をどこか正しいと感じていて、先に情報をいれたがるようなことをするのは引け目を感じる。作品と対峙するときに、そういう自我やコンプレックスにとらわれているうちはだめだなと思う。わたしはたぶんもっとわかりたいと望んでいる。わかりたいのは情報じゃない。一時間のドキュメンタリーを観たあと、もう一度じっくり会場をまわる。会場を三周ほどして、ようやく見れたような気がして、外に出た。

美術館に併設された短い遊歩道を歩く。ここからの海の景色をいちばん見ているような気がする。海には三角形のボートが浮かんでいる。砂浜はごみごみしているけど、ボートはかわいくて好き。帰りの電車ではまたONE PIECEを読んで、家に帰って、またONE PIECEを読んだ。いまは冬島です。

七月五日㊋

日記を書いていて落ち込むのは、もっと感じとりたいのに、それができないと思うとき。わたしじゃまだまだ足りない。足りないのではなく最初からないのかもしれない。わたしにあったものなんてない。日々の美しさはどこにでもある。その光を掴めている人に出会うと、喜ばしい反面自分と比べて落ち込む。わたしはあんなふうに光を掴むことができるだろうか。そういうとき、ふと人からもらった言葉を思い出す。いつか「愛を受けとるのが下手」といわれたことがある。時間差であれは愛だったのかと気づく。手放してしまわないようにときたま思い出す。あなたが見つけてくれた、わたしのいいところを忘れないように。社会、みたいな大きい世界があるとしたら、とてもちいさいちいさいことのなかにいる。でもいまはこのちいさい範囲のことを考えたい。

七月六日㊌

なんだか自分が着ている服に飽きて、服装を変えたいなと思っている。でも、そういうときって着ている服に飽きているというよりは、自分自身に飽きているのだと思う。わたしは普段どちらかといえば、男性的な服装をしている。男の子っぽいときもあるけれど、基本的にスタンダードにややエッジを加えたみたいな格好を好む。基本カラーは白、黒、ネイビー。でもそういう格好にもちょっと飽きてきて、もっと違う自分になりたいと思っている。できる限りいくつもの自分像をつくりたいし、自分像を固定化されることは窮屈で、いつもそこからはみ出していたいと思う。

古着屋にまみれた街に住んで、もうしばらく経つけれど、ようやくこの街のよさがわかってきて、自分ももう少しこの街に馴染みたいと思うようになった。どこか街に疎外されている気がしていたけど、それは自分が心を開いていなかっただけで、ちゃんと目を向けてこなかったのだ。向きあうような気持ちでいくつかの古着屋をめぐるようになって、ちょっとばかし、ロマンティックな格好もしたくなってきた。いやわかる、わたしの顔の造形と体型で、この路線は鬼門で難易度が高い。思えば人生の中で何度かチャレンジして挫折してきた。自分に似合いのロマンティックな度合いの調整はむずかしいのだ。ただこれは半分度胸の問題でもあって、服に着られないという意志の問題だ。服を着ることについては、かなりコンプレックスを抱いていて、どうせ似合わないとか、お金がないとか、容姿のせいにして、なんとなくでやってきた。このロマンティックというやつはなんとなくで取り組めば、あっさりと跳ね除けられてしまう。きちんと自分の手中に収めて、なにを纏いたいかを自分で理解する必要があると思う。自分のなりたい像を見定めて、自分のなりたいように、ちゃんとバランスをとっていかないと、目指すロマンティックさには近づけない。街に繰り出してはみたものの、わたしが求めるものは一体なにかと途方に暮れてしまった。これは直感でいく段階ではなく、まだ自分の好きを見極める段階。昔はわからないからやめてしまおうと諦めていたけれど、いまはそれをたのしみたい気分。違う自分になることをたのしみたいし探したい。と、書いているけど、明日には気分が変わっているかも。なんでもなりたい人だから。ついでにだれかわたしに似合いの服を提案してほしい。

七日七日㊍

自分が好きだと思うことに対して、よどみなく話すことができないことも、その好きなものを自分でうまくとらえられていないことも、その好きをどう昇華させるべきかわからないことも、自分のなかのコンプレックスとして積み上がっていく。いつか占星術師に「完璧主義者なのに、プライドが高い故に、継続や努力が苦手」といわれたことがある。そんなのどこにいっても八方塞がりじゃないか。「どうしたらいいですか?」と聞いたら「コツコツやることを目指す」といわれて、いやだからそれが苦手だって話じゃないかと思って、なんて難儀な性質を抱えた星の下に生まれてしまったんだと思った。どうやったって葛藤がついてまわる。

こんな鬱々とした気持ちで、gionでナポリタンをつついていたわけではないけれど、文字にすると重い。「たぶん自分に興味があるから、自分のことをもっと気にかけたら?」という助言がその通りなのだと思う。そういえばこないだもそんなことといわれたな。何度も出会う言葉はいまのわたしに必要なことなのだ。わたしの話に耳を傾けて、そっとそういう言葉をかけてくれてくれる人がいることはとてもうれしい。この人は日記を読んでくれていた人で、もうTinderやめるからと声をかけてくれた。この人から日記はほとんど送られてこなかったけど、気になる人だった。いま会えてよかったと思う人だった。散歩をして、駅前にたどりつく。上を見上げると短冊が並んでいる。みんなの願い事が街にあるってすてきなことだ。七夕。

七月九日㊏

ネイルポリッシュを買いにいこうと思い、どうせ外に出るならなんか展示でも見るかと思って、アーティゾン美術館の「柴田敏雄×鈴木理策」を観にいった。評判もよかったけれど、すごくよかった。また写真をはじめたいと思っているけど、どういう写真を撮りたいというビジョンがなかなかない。あーこういう写真が撮りたいなーと思える作品で、すごくよかった。絵画的な文脈を踏まえた作品を見せるというテーマだったからか、被写体への着眼点がとても明確で、二人の手法の共通と差違を同時に見ることができるのも、おもしろかった。

ネイルポリッシュを買うために電車に乗る。しばらく乗っていると、見たことある顔が乗ってきた。もうここ五年ほどInstagramでお互いをフォローだけしあっている年下の男の子。会ったことはないけれど、すぐにわかった。大学に入りたてのシティボーイになりたがっていた彼が、無事に立派なシティボーイになっていく、その過程をひっそりと親のような気持ちで見ていた。いまはもう立派な社会人。彼女らしき女性がいたので話しかけられなかったけど、ほんとうに実在するんだなと思ってちょっとだけうれしくなった。少しだけ就活の相談を乗ったこともあるけれど、さすがに「見かけました」とかDMするのはきもすぎるので、わたしだけの思い出にとどめる。

高円寺に戻って、友だち二人とコグマヤにいく。蟹か焼肉かで悩んで、焼肉になった。一人は日記本のデザインを頼むデザイナーだから、ちょっと相談したかったのに、結局そんな話も一切せず、ヒーローものがいま熱いから見たほうがいいですよ‼ と熱烈に勧められた。あとは一生懸命に肉を焼いていた。帰りがけに「今日の会ってなんだったんですか？」と聞かれるほど、手応えのない会だったけど、二人とも忙しいのにわざわざ集まって、どうでもいい会話をして、よくわからないまま解散するのが、とてもいつもな感じのノリでわたしだけかもしれないけど安心した。なんかいいんだよなあと会うたびに思う。二人はどう思ってるかわからない。

まだ家に帰るのは早い気がして、阿佐ヶ谷まで歩くことにした。だれかと話したくなったので、電話をかける。神社の鳥居の近くに座って、最近よかった展示の話など、二時間ほどしゃべった。額、腕、足、足の甲、いたるところを蚊に刺される。「もうしゃべりすぎだよ」と電話を切られたので、家に戻る。

家に帰って『ONE PIECE』を読んでいると、グループＬＩＮＥで友だちから電話がかかってきていた。最近週二で電話しているなあ。なかよしだなあ。スナックで働く友だちと、男性から無遠慮に向けられる性欲の気持ち悪さについて話していた。水商売なので、少なからずそういうお客さんもやってくるらしいけれど、スナックで働いている女性だからといって、性欲を向けていいわけではないと思う。まわりにいる男性はまともな人が多いというか、まともな人でないと友だちになれないのだけど、一歩外に出たときに人間として最低限のマナーを身につけていない男性が多いことにほんとうにがっかりするよね…と二人で話していた。そういうわかりあえなさは無視するしかないし、こちらがそれにあたらないところまで逃げるしかない。

日記をつけていて、何度かこういう話題には触れていて、この社会で女性として生きるしんどさをこんなにも感じているのだなと再認識した。わたしだってこんなこと経験したくないし、見聞きしたくない。それをしないならば書くこともない。こんな思いもしたくないし書きたくない。男性一般を責めているわけではない。男性にも男性として生きることでの不利益は存在していると思う。わたしたちは理想郷がやってくるのを待つしかないのだろうか。

七月十日㈰

最近は投票日に投票にいく。なんかそのほうがお祭り感があるし、なにより普段は入れない小学校に入れるのがささいなたのしみである。あと今回はギリギリまで当選予測を見ていた。ぜったいに当選してほしくない人があまりにも多すぎるし、そういう人たちがほぼ当選確定や当落線上にいることが信じがたい。だから戦略投票として、当落線上の人や政党のなかで、いちばん当選してほしいと思う候補に投票する。みんなどういうかたちで投票先を選んでいるのか、そういう話をもっとフランクにできたらいいのにな。

夕方、七尾旅人のライブのために、七月七日㊍に会った人を誘って代々木公園へ。OCEAN PEOPLESという海やハワイをテーマにした明らかに七尾旅人のリスナーとはかけ離れた層がいそうなイベントだった。マイクチェックの流れで「もうやっちゃおうか」と予定時刻よりも十五分もはやくはじまる。いつもの七尾旅人だなと思った。コントラバスの瀬尾さんとのデュオはソロとは違ったグルーヴが生まれていて、二人の信頼関係が心地よく、とてもよかった。同行者は「コントラバスはふつうはあんなふうに豊かな音を出せない」といっていた。海をテーマにした曲を選んだら、暗い曲ばかりになったといっていたけど、シリアスに場が絡め取られることなく、成立していてやっぱりすごい。定番曲「Rollin' Rollin'」と「サーカスナイト」は異様な盛り上がりを見せていて、パリピがいるとこうも空気が違うのかと驚いた。七尾旅人が好きな人は基本人見知りで大人しい。あんなにちゃんとみんなが声出してRollin' Rollin'とサーカスナイトを歌ってるの聴いたことないよ。七尾さんもいつにもましてたのしそうだった。暴れまわってた。七尾旅人のアルバムたのしみだな〜。

興奮冷めやらぬまま、代々木八幡方面に歩く。いきたいお店が満席かことごとく日曜定休で、代々木上原までたどり着いてしまった。二階の焼き鳥屋さんに着くころには、さっきのライブの余韻はなくなって、くたくただった。でもでてきた料理がぜんぶ美味しくて、さすがの代々木上原クオリティ。今日の議題は、マッチングアプリでいかに友だちをつくるか、結婚に夢を見ない、短歌、その三本です。

七月十二日㊋

古着の街に住んでいるから、仕事と仕事の合間に古着屋にいくことが常態化しつつある。ちょっとカフェでもいこうみたいなノリで古着屋にいけるなんてうらやましいだろ。夏の一丁羅である『アンダーグラウンド』Tシャツを着ていると、「それアンダーグランドですよね」と声をかけられる。古着屋で聞く、それお似合いですねよりうれしい言葉はこれであったか。「映画お好きなんですか?」「いやそれほどじゃないですよ」「最近なに観ました?」「まだ観てないけどリコリス・ピザが観たいです」ぜったい映画好きだと確信して、服そっちのけで映画談義。試着室に入る前に「いちばん好きな映画を聞かれたらなんて答えますか?」と聞かれる。この聞き方自体が映画好きである。「ビフォア・サンライズですね」と答えて試着室に入った。もうここまででだいぶ満足していたけど、かわいいかわいいブラウスを買った。外に出るとどしゃ降りだった雨は、小雨になっていた。

ずっと日記を送っていた人からメッセージがくる。ランドスケープの仕事をしているというので、「ランドスケープってなんですか?」と聞き出すためだけの下心で飲みに誘う。やきとんをつつきながら、それなりに真面目に仕事の話をした。高円寺に友だちが住んでいるというので、その二人と合流することになった。はじめに一人と合流するとあからさまな「なんだこのやば女」というオーラを放っている。ここからどう巻き返すか、巻き返せるのか……と心の底で思いながら、レモンサワー大ジョッキをちびちび飲んでいると、もう一人が現れた。「え、あ、日記の!?」と好感を抱いてくれるメガネボーイ。ありがたい。そこから下ネタと高円寺の安いスーパー情報を交えながら、あらためてランドスケープのはなしを聞いた。どの職業でもいえることだけど、つくづく自分の生活はだれかの仕事で成り立っている。だれかの誇りのおかげで、わたしが知りえない恩恵を享受している。立ち向かうものの大きさに、わたしはただ圧倒されるだけだけど、それに立ち向かってなんとかやっている人たちがいると思うと、その事実に感動した。

七月十三日㊌

日記をTinderで読んでいる人がどうしても会いたいというので、整体帰りに喫茶店で待ち合わせる。なんとなくわかっていたことだけど会話がない。いやどちらかといえばたくさん話した。でも「おもしろい人に会いたくて」こういう言葉をいう人をあまり信用していないのは、おもしろいというのはどちらかがつくることではなく、相互の作用によって生まれるという価値観が共有できないからだ。

七月十四日㊍

仕事終わりに古着屋にいって、またかわいらしいスカートを見つけてしまう。最近、明らかに収入に見合わない散財をしている。でも、なんか、我慢したくない。いまはほしいものがほしいし、着たいものが着たいし、なりたい自分になりたい。好きなときに、好きなものを食べるし、好きなときに好きなものを着るし、好きなときに好きなだけ笑うし、好きなときに好きなだけ寝る。

七月十五日㊎

外に出る用事がない日のどしゃ降りは好き。雨音がはっきりと聞こえるのはいい。

雨と「三四郎のオールナイトニッポン」をＢＧＭにしながら仕事。最近思う、オールナイトニッポンよりＴＢＳラジオのほうが安心できる。真夜中に二時間、人間がしゃべり続けるなんて、正気の沙汰ではない。寝るべき時間にちゃんと人が寝てくれていてほしい。そう思うわたしは恵まれているのかもしれない。なんらかの事情で真夜中に起きている人たちのためのラジオ。

こうも雨が続くと自律神経がすっかりやられるので、サウナにいくことにした。ただでさえ、銭湯代も嵩んでいるのだから、なごみの湯はたまの贅沢にしている。サウナのなかでは、要潤がクイズに答えていた。わたしはずっと要潤のことが好きだ。顔もスタイルも完璧なのに、性格もいいしおもしろい。姿は人間離れしているのに、中身は人間くさい。要潤にはずっと狂気に似たものを感じる。要潤がずっとクイズに答えているが、これはどこになんの需要があるのだろうか。なにを見せられているのか。これはむしろとても高度に性癖を刺激されているのか。外気浴をしながらそんなことを考えていた。頭がばかになっている。サウナ↓水風呂↓外気浴↓つるつる温泉↓高濃度炭酸泉を三周ほどして上がる。今度なごみの湯でテレワークでもしようかなと思ったけれど、仕事をする気がまったくしないな。

外に出ると、雨が止んでいた。駅前でスシローの看板を見かけて、サウナからのスシローなんて、人間の業が詰め込まれたみたいな遊びができるんだと気づいてしまった。

七月十六日㊏

好きな人のライブにいくついでに、いくつか展示をまわることにした。河野未彩『脳内再生』、オートモアイ『Reminiscence』。渋谷の展示には渋谷っぽい人が多くて気後れしてしまう。けど渋谷的表現(と括るのはあまりに雑だが)が好き。ストリートやファッション、テクノロジーの文脈をうまく組み合わせながらやっている人が多く、見た目がいいというと身も蓋もないのだけど、見る人を惹きつけるという意味で洒落ている。

開演までトップで時間を潰す。トップのタラコのサンド、コッドローと発音するとき、いつもしどろもどろになる。喫煙できるから入ったのに、ライターがない。後ろのバンドマンが「今度付き合ったらちゃんと彼女連れてきてファンの人たちにはそれとなくわかるようにする」と話していた。自分に近づいてくるファンを減らして、自分を信頼してもらうためだそうだ。それまでは遊んでるっすけどね、とぎゃはははと笑う。

ライブハウスへ。受付で名前を告げてドリチケとビールを交換する。角を陣取って一人淡々と缶ビールを飲む。ひと組めが終わると好きな人がやってきた。「寂しそうにしてた」といわれて、ばれたかと思った。演奏中、わたしは横目で彼がいるのを確認して、彼が見える位置にこっそりと移動したことはいわない。彼は最近日記が書けない、といっていたけど、人の目に日記を晒し続けていると、どうしても日記の日記性だけを追求するのがむずかしくなってくる。日記の書き方がわからない、なにを日記に書けばいいかわからない、ということはわたしも日記に繰り返し書いてきた。

ライブはとてもよかった。音楽を聴いて、たのしくなるというあの感覚があった。ただ高揚していくだけの沸き立つ時間。これはどんなライブを見ていても、集中力が切れて現実に引き戻される瞬間があって、ライブハウスの中央に吊るされた、光の当たらないミラーボールを見つけたとき、それは心許なくみえた。終演後、「忌憚ない意見を聞かせてください」といわれたけど、音楽に対する評価はむずかしい。音楽的な評価でなければ、なにを受け取ったかだけど、それを表現できるほど、わたしの受信機能は育っていない。もごもごしてしまって、こういうときに、冴えてるって思われるようなコメントをしたいなと思ってしまうのは、ただのエゴだ。彼に出口まで送ってもらって、ライブハウスを出た。雨も降っていたから渋谷で飲んだりせずまっすぐ家に帰った。

今日、ステージに立つ彼を見て、この世であんなにも性的な生き物がいるんだって思った。美しくてエロくて、彼をじっと見つめてはいけないと思った。彼だけを見ているること、だれにもバレてはいけない。わたしの視線の矛先なんて、バレるはずもないのに。音の中で恍惚とした表情を浮かべる彼はもう手の届かない生命体。彼のエロティックさによくみんな正気を保っている。伏せ目にしないと見つめることすらできない。あの太い腕に抱かれたいと思ってた。ライブ終わりに話した彼はいつものかわいい彼だった。あのセクシーさは影をひそめていて安心した。あんな状態ではとてもじゃないけど会話はできないよ。

7/16㊏

日記を溜め込んでしまっており、記憶の残滓をかき集めて書く日記にあまり意味がないとも思いつつ、そもそもこの一週間、生活の機微に目を向け続ける感覚があまり冴えていなかった。思い当たるだけでも原因はいろいろだが、今日に控えていたライブの影響は小さくないだろう。とにかくライブが終わった。わかりやすく肩の荷が下りた。

新しいメンバーが加入してからというもの、スタジオに吹く風は向かい風のような追い風に変わり、それぞれが己の無力さを自覚しつつもそこに向きあう時間が増えるようになった。音楽という正解のない問いに対してそれぞれが用意している答えがチグハグに交差し、どうにか一曲をかたちにする過程の途方のなさに絶望した。絶望に目を向ければ向けるほどメンバー間の愛のなさにまた絶望をし、日々の中でバンドの優先順位だけが下がっていったが、なぜ続けたかと言われれば期待以外の何物でもなかった。バンドに対する期待、自分に対する期待。表現に挑むことでしか養われない感覚への期待。

今日のライブはその期待が結実するまでの踊り場のようなものだ。お金をいただく以上こんなことは日記にしか書けないけど、このバンドがどこまで昇ってこれたのか、理想までどれだけ遠いのか、そういうことにしっかりピントを合わせたかった。ステージは大きなミスもなく、まだ客観視できる余裕はないけれど、五人が間違いのない引力でつながっている感覚が感じられた。現時点の五人が発揮できる力が惜しみなく表現に注がれたんじゃないかな。もちろん現時点というのが大切で、緩んだ頬も次の踊り場に向けて引き締めなくてはいけない。ライブを終えて、メンバーは今何を思っているのだろう。僕は半年間の浮き沈みを肯定してあげられる気分だよ。

七月十七日㊐

高円寺から阿佐ヶ谷まで自転車に乗りながら、カネコアヤノを聴くのはさすがによすぎるというか、できすぎている。しかもひさびさの晴れ。何回か訪れたことのある古着屋にいく。ほんとうに古着屋ばかりいってるけれど、最近そのおかげか古着に対する苦手意識がなくなってきた。古着を選ぶセンサーが研ぎ澄まされて、自分にとってなにが必要かがわかる。ちょっとの遊びや冒険のレベル感もわかってきた。服の適量はわからないけど、服の量は多いほうではないし、三、四年着ているなんてザラだ。そうなると、何着か服を投入しないとワードローブの抜本的な改革にはならない。抜本的な改革になるような服も買ってないのだけど、いくつも服を仕入れたおかげで、クローゼットが新鮮になった。でももう少し色とロマンティックがほしい。自分の欲望に忠実に生きるって大事だ。貯蓄額は目減りしていくけど、代え難いわくわくがある。満たされていないとき、人は性欲に走るらしいけど、たしかに身に覚えはある。あれは性欲というよりも日々が満たされない不安からくる枯渇感や飢餓感だった。あのときはなぜ自分が満たされないのかわからなかった。いまは違うとわかる。貯蓄がなくなっても自分の欲望に忠実に生きる処世術がほしい。

七月十八日㊊ 海の日

短歌をやりたいと思う。短歌好きや短歌をやっている人に出会うことも多くて、これはそういう流れであって、その流れには乗ろうと思った。流行りものは避けるというのがいちばんダサいと知っているのにやってしまいがち。思い返してみれば、小学生のころ、修学旅行の思い出を俳句か短歌にしたときに、学年で何人か選ばれる優秀賞になったこともあったっけ。

とはいえ、短歌の読み方も詠み方も知らないので、阿佐ヶ谷の書楽で短歌の本を探す。二冊ほど買って、天文図書という喫茶店にいった。古い木造の二階建て。あまりにも出来すぎた本と空間だと思った。メロンクリームソーダを頼む。店内ではＴＢＳラジオが爆音でかかっていて、ジャズとかクラシックでないのが好感が持てた。雑音のほうが集中できる店主なんだろう。

家に帰ってきて、Twitterで福尾匠さんと鈴木一平さんのトークイベントのアーカイブ配信を知ったので購入して視聴する。何度か書いているけど福尾さんはわたしが日記をはじめるきっかけになった一人だ。福尾さんは哲学や評論というバックボーンから、日記という営みについて分析していて、人に見せる日記を毎日更新することで生まれる葛藤が新しい表現を生むんじゃないかと話していた。日記は人に見せるものではないという暗黙知があり、そもそもそこから逸脱する行為のなかで生まれるものがある。鈴木さんは日記を書くことと詩や俳句を創作することをシームレスにつなぐことができないかという発想の下に作品をつくっているといっていた。

わたしはTinderで日記を送るというのはある種アプリ内での悪目立ちのためにはじめた下心があり、日記を書いて送るだけでゲームとして成立するから、それが表現だとは思っていなかった。日記をはじめて、人にほめられることで、これもひとつの表現だったのかと気づいた。逆に気づいてしまってからは、おもしろくしたいという気持ちが出すぎてしまって、そのチューニングがわからなくなっていた。そしてそのチューニングがあう間もなく、毎日次の日がやってくる。最近更新が遅れたのもそういう理由もあった。

七月十九日㊋

たくさんお風呂に入って、友だちと電話でおしゃべりした夜。

七月二十日㊌

好きな人とごはんにいった。デート、と書かないのは、この日記もその好きな人に送っているからで、おそらく相手からも日記が送られてくる。わたしの好きな人は日記を通して出会った人で、いまも毎日お互いの日記を送りあう。今日の日記は、純粋な日記性は損なわれている。日記なのか、反省会なのか、ラブレターなのか、わからないものになる。けれど「毎日、日記を書く」と決めているので、申し訳ないけどわたしは書きたいことを書く。

店で待ち合わせ、とメッセージ。夕暮れの商店街に、日の長さを感じながら歩いていると、目の前から自転車に乗った彼が現れた。「この道じゃないでしょ」といわれて、間違った道を歩いていたことに気づく。高円寺は商店街が多すぎて、いまだにどこになにがあるのかわからない。

店に着いてビールで乾杯する。「日記書けなかったんだよね」と先日も聞いていたけど、「日記って時間が経つと、もうそれを思い出して書くものでもない気がする」といっていた。書けなかった九日間は、なにも起こらなかったと。でも休んでみてたのしく書けるようになったといっていて、よかったと思った。無理して続けるものではないのは、いうまでもない。わたしたちはお互いに日記を書くことを課しているのでなく、あくまでも自分自身にそれを課しているだけだ。お互いに日記を続けるための共同体のようなものだ。そしてこれを読んでいるあなたもわたしにとってはその一部だ。

彼の日記はとても素直でまっすぐで自分に対して嘘がない。人のよいところを見つけて、それを表現することに長けている。出来事を俯瞰して、そこから感じ取ったことをていねいに掬って、ぼんやりとした淡いもしっかりを掴んでいる。刺すときの切れ味も抜群。ユーモアも忘れない。そういう彼の日々の視点にわたしはいつも救われている。このようにして生きればいいのだと学んでいる気がする。

店の外で二人で煙草を吸っていると、お客さんがきた。店員さんが満員で入れないと断りつつ、近くのおすすめの店をいくつか提案していると、彼がそのお客さんにすかさず「そのお店いいですよ」と話しかけていた。そのとき少し話した店員さんに好感を持ったのか、「あの人好きだ」といって、お会計のときに話しかけて、ほんの一瞬でなかよくなって、最後には名前まで聞かれていた(そのおかげでわたしの名前も聞いてくれた)。わたしはこういう彼のあけっぴろな人懐っこさに憧れている。いろんな人に興味を持ち、その人の心にダイブしていく。いつか「人間大好き」といっていたけれど、人のおもしろさをちゃんとおもしろがることができる人なのだ。わたしは好奇心よりも傷つきたくない心が勝ってしまう。彼は人から愛される人だけど、それは自分から人を愛することができるからだ。

二軒目、彼の行きつけの店にいく。ほどよい酩酊とよく沈むソファが心地いい。ふわふわした気分だった。いや酔っている。わたしは彼を好きなのがしあわせだし、彼を好きな自分が好きなのだ。だから彼のいいところはいくらでもあげられるし、いくらでもあげてしまう。会うたびに好きだといってしまっている気がする。すみません。恋愛セオリーはすべてかなぐり捨ててる。「もらってばっかり」といっていたけど、わたしはもうすでにたくさんのものをもらっている。あなたが傷ついたことは過去のことであっても悲しくなる。

二人のおしゃべりの時間をもっとたのしくするために、あのときはああ返すべきだったとか、こういうことを聞けばよかったとか、家に帰って一人反省してしまう。だけど自己嫌悪には陥らない。それはわたしを成長させてくれる気づきでもあって、彼はそれを与えてくれる人。喜びなのだ。わたしも彼にとってそうありたいけど、それには修行が足らなそう。精進します。

もうひとつうれしいことがあって、彼の友だちがきてくれた。彼と会う前から、彼の友だちのことは読んでいたし、ずっと会いたいと思っていた。ようやく会えてうれしい。共通の友だちもいたりで「縁がある人なんだと思った」といわれてうれしかった。彼と友だちが話している、そのどうでもいい会話が好きで、ずっと聞いてられるなーと思った。どうでもいい会話ができる友だちってうらやましい。どうでもいいってほめ言葉。

7/20㊌

毎週水曜は十時からクリティカルシンキングトレーニングなるものがある。カタカナ言葉で嫌になっちゃうけど、思考の訓練は本当に大事で、フレームワークや知識以前の思考法がまだヤワヤワなので、これからの講座と自分に期待している。

夜は日記ちゃんと葡庵で飲んだ。葡庵を出てからは僕の友達もきてボワボワにいった。日記ちゃんと会話することはたのしい。きっと何時間でも話せる。話したいことを話せるし、返ってくる言葉の中に発見があったりする。だから好意を拒むことで今の関係性がなくなってしまうことは怖いので、今日も大事な事柄のその淵でオロオロと周回していた。そんなことで壊れる友情じゃないといってくれるかもしれないけど、僕はそれを真っ直ぐ受け取ることはできない。たのしい空間と時間のどこかに、いつでも加害者意識が息を潜めている。

七月二十二日㊎

「たぶん福しんでコロナ罹ったんだよね」そう話す彼とわたしは七輪を囲っている。肉が焼けるのを待つあいだ、ずっと福しんのことを聞いていた。福しん過激派と名乗る友だちは、一時期全チェーンを否定して、週八福しんに人生を全振りしていたそうだ。福しんではいつもエーテイ、A定食(レバニラ炒め定食)を頼むという。新しく福しんができた街のことを彼は惜しげもなくわたしに伝えてくれるけど、わたしは福しんにはいかない。彼の街の福しんが閉店する最後の日にも、ちゃんと福しんにいったと話していた。その当時いい感じだった女の子に「いっしょにいきたい」といわれたけど、断ったという話はとても好感が持てた。ある日、とある福しんの白米がいつもよりもべちゃべちゃしていたときには、厨房からおじさんがやってきて「今日のお米大丈夫だった?」と聞かれたらしい。「ちょっとやわらかすぎましたね」と答えると「そうなんだよー」と割引券をくれたらしい。福しんにはテストがあるんだよという。福しんには各店舗に名物おばちゃんもいるらしく、その各店の名物おばちゃんに好かれていたらしい。名物おばちゃん同士のネットワークで彼の存在が共有されててもいまさら驚かない。そういう男なのだ。

彼ほど初対面の相手が好感を持つ人を見たことがない。スマートで安心感があり、優しく頼れるが、甘え上手でもあるという人間関係の要点をすべて抑えているような人間だ。そしてそれを本人が自覚しているのだから、すごい。うける。どういうことやねん。いまだって、わたしがホルモンを嫌いだというと、いちはやく自分用のホルモンを頼んで、自分の陣地にホルモン領土をつくっている。彼の人のよさはわたしだけの感想ではなく、仲間内ではおおよそ同じように彼は評価されている。けどやさしすぎることが仇となって、十年以上の付き合いになるのに、ほんとのところの心が読めないといわれ続けているのはうける。顔を見たことがない、おっぱいの大きい女医とスプラトゥーンをするから帰るねと、彼は足早に高円寺を去っていった。なぜおっぱいの大きさを知っているのかは知らない。

七月二十三日㈯

好きな人と水曜日にも会ったその友だちと八幡神社の大盆踊り会にいった。わたしは踊れないけど踊ることが好きだ。これまで日記でも繰り返し書いてきたように、街で許可なく踊ってきた。踊りとはそういう生活と地続きな存在だ。二人に踊ろうと声をかけると「踊れない人間もいるってことを見せなきゃ」ってわけわからん応えが返ってきたので、最後まで一人で踊り続けた。「同じ阿呆なら踊らな損々」なのに。「踊る阿呆見る阿呆」ともいうが。どっちも阿呆や。

盆踊りが終わって、それぞれが駅方面に戻っていく。その帰り道に、小学校のころを思い出すね、と彼はいった。男の子二人組が「炭坑節と東京音頭をクラシック盆踊りと呼んでいるのが最高」といいながら隣を通りすぎていく。わたしたちは彼らに完全に同意した。好きな人と目を合わせて、聞いちゃったねという。わたしは彼の自転車の横を歩いた。

駅まで戻ってくると、ほかの友だちと飲むからと帰された。え、いっしょに飲まないの？ まじかよと思いながら、しぶしぶ二人と解散した。家に向かって歩いていると着信。「いまどこにいるんですか？ 会いたいです」と、酔った電話。二人はたまに飲む年下の女の子。ひさしぶりに飲もうと連絡を取りあっていたら、飲み会を一ヶ月半に設定されて、それはさすがに無理と断っていた。それにもかかわらず、こうして慕ってくれるのだからありがたい。酔った二人が電話の向こうで盛り上がっている。「下北で待ってますからね」といって電話が切れた。電車で下北に向かっていると、ここにいますと、占いの館を指定されて二度見した。飲み屋ではない、占いだ。雑居ビルの三階に向かうと、でき上がった二人が真剣に占いを受けている。バックではQUEENが流れている。友だちは「いまの彼氏とこのまま付きあい続けるべきかどうか」と相談してる。占い師は「それを僕じゃなくて彼に直接いったらいいですよ」といわれていて、ほんとうにその通りだと思った。彼女の相談は占いでどうにかなる問題ではない。「そうですかあ」といいながら、酔った彼女はわたしの左手をきゅっと握りしめる。盆踊りを踊っていたはずなのに、なぜか下北で占いの館にいる状況がわけわからんので、わたしも占ってもらうことにした。

いま好きな人がいるんです、というと、付きあう関係に固執しなくていいんじゃないといわれる。たぶん、この人とはそうはならなくても縁があると思うし、友だちでいてもいいと思うよ、と。いろいろタロットカードを引いて「あなたが先に彼をどうでもいいと思いはじめる」「もっといいと思う人が現れる」「もし付きあうならちょうど一ヶ月後」といわれた。そのまま三人で感想戦。よかったじゃないですかといわれるけど、占いってエンターテイメントだからなあ。

7/23㊏

エアコンをつけない生活に挑み続けて一週間ほど経ちました。なんで冷房断ちをはじめたのかわからなくなっている。高円寺のサンマルクカフェで作業をしていたら一週間ぶりの冷房に体が震えてしまったが、冷房を常用している友達も高円寺のサンマルクの冷房は異常だと教えてくれた。隣で若い芸人がネタ合わせをしていたり、「わたしの言っていることをおかしいと思うならもう話すことはない」と怒鳴って出ていく女がいたりしていて面白かった。

夕方頃、日記ちゃんと盆踊りに行った。前に口約束した程度で本当にいくとは思ってなかったし、そもそもあまり盆踊りに興味がなかった。何より、好きと伝えてくれたときにどんな表情を作ってどんな言葉を吐くのが正解なのかもうわからなくなっていた。「気持ちはうれしいけどごめんなさい」と「僕でよければお願いします」の間に存在する無数の曖昧な表情と言葉を探し出すことにもう疲れてしまった。その曖昧さが彼女を傷つけているという加害者意識はジクジクと良心を攻撃していて、その蓄積は有効なものになりつつある。

近い、近すぎる。盆踊りまでの道のりも盆踊りから帰る道も体が近すぎる。あからさまに距離を取ってしまったのは気づかれただろうか。友情に配慮して、避ける。避けてしまったら友情が遠のく。葛藤を感じたまま彼女と真っ直ぐ目を合わせることができない。帰り道、飲み会があるからと解散を申し入れた。もっと話したいし一緒にいたいという眼差しは、目を見なくてもわかった。そんな飲み会は存在しない。あなたが傷ついているのか傷ついていないかはわからないけど、少なくとも僕はあなたを傷つけていると思うし、そうすることで僕も傷つく。だからもう会いたくないと正直に思って嘘をついた。

七月二十四日㊐

中野サンプラザ。Original Loveのライブにいく。爆音で完璧な演奏を聴いていると、完璧すぎて、その気持ちよさがゆえに、心がどこかにいってしまう。思考がどこにもなくなっていることがある。幽体離脱。アンコール時にOvallが出てきた。Ovallがゲストだって知って、思わずチケットをとっていた。ひたすらにかっこよかった。かっこいい以外の言語がないのだけど、かっこよかった。ホール中央に浮かぶ、ミラーボールが照らされる。金環月蝕のように、ミラーボールの影がステージのカーテンに写ってる。それはこの奇跡を象徴しているようだった。美しい景色。

七月二十五日㊊

濱口竜介特集あるところに我ありという勢いで濱口竜介コンプリートを目指している。濱口竜介の処女作『PASSION』を観るために早稲田松竹へ。どんなときでも早稲田松竹は心の憩い。わたしが映画好きになったときから、早稲田松竹はずっと心の支えで、いつでもあのときのときめきに戻れる場所。

『PASSION』と同時上映の『偶然と想像』第一話『魔法（よりもっと不確か）』だけ観た。『偶然と想像』はすでに公開初日に観ていた。この中島歩は最高すぎる。声も所作も視線の送り方もなにもかもがエロい。毅然とした態度をとっていたのに、すっかり負けてしまって、目尻を下げる表情なんか至高だ。リスとかになって、ずっとそばにいたい、体の一部に住みたい。だけど、中島歩にはもっとサイコパスな役をやってほしい。笑いながら人を殴ったり、サイコキラーとか、狂気に満ちた猟奇的な役。目の奥がまったく笑ってない役。『アネット』のアダム・ドライバーを見て同じようなこと思ってる。図体のでかい人間が好き。中島歩とアダム・ドライバーは耳が大きいところが似ている。でも二人にはでかい犬と戯れる役もやってほしい。

わたしの個人的な性癖をおさえまくっているので、『偶然と想像』が好きというのはあるのだけど、この映画には濱口竜介映画にありがちな絶対的な女性像、神格化され女神になった女性、なにを考えているかわからない信仰の対象となる女性が出てこないところが好き。こういう視線って、女を人間として見ていない感じがして、居心地が悪い。男性や男性を内面化した女性の都合のいい視線だと思う。

濱口竜介は一作目から一貫して同じことを描き続けているんだなと思った。人間関係のどうにもならなさ、コントロールできなさを、恋や愛をモチーフにずっと描き続ける。それは人間の業がもっとも炙り出される瞬間で、もっとも論理が働かない瞬間だ。『PASSION』の中盤のシーン、愛と暴力は内と外からやってくるものであり、それらはコントロールできないということにおいて、同じだ。

七月二十六日㊋
会社のおねえさんとはじめて二人で飲みにいった。おねえさんはそこにいるだけでモテてしまうような人。本人もわかっていて、それをナチュラルに自慢してくる可愛さが好きだ。年上からも年下からも好かれる人だと思う。長年のヘビースモーカーとは思えないほどに、いまだに少女のように首を傾げている。でもおねえさんと話していて悲しくなったのは、おねえさんも生きた時代が違う人であるということ。わたしたちはどうやったって、相容れない価値観を持ち合わせている。おねえさんはそうでないと生きてこれなかった。だから、わたしのわがままかもしれないですね、って笑って、自分の話は引っ込める。

七月二十七日㊌
朝から緊張する現場。緊張しすぎていきたくないのはひさしぶりだった。あんなにもたのしみにしていたのに、途中、キーボードをタイプしながら「違うかも」と思った。最近、自分の思考の変化に戸惑う。信じていたものがそうでなかったとき、信仰の対象を失ってしまったとき、どうすればいいんだろうか。この違和感は一時的なものなのか、もうすっかり消えてしまうものなのか。いつかいわれた、あなたの信じているものの枠そのものが最初から違っていたのかもしれない、というのがたしかにいちばん近いのかもしれない。

「サイゼこない？　誕生日なんだ」と友だちからメッセージ。どんなときだって友だちの誕生日にサイゼに駆けつけられるだけの健やかさを持っていたい。その場にすべてを置いて、わたしはサイゼに向かう。「今日はサイゼをぜんぶ見よう」といって、サイゼの頼んだことないメニューがたくさんテーブルの上に並べられた。「いやサイゼ会じゃなく、おれの誕生日なんだけど」って主役がもごもごしている。サイゼだって、がんがんボトルを開ければ、一人四千円という衝撃価格を叩き出すことができる。友だちが誕生日プレゼントだといって、シルバニアファミリーのこねこの赤ちゃんをあげていた。

サイゼから出てDUGに向かう。躊躇なく千円越えのお酒を頼めるようになってしまった。全員喫煙者になっちゃったといいながら、タバコをふかす。友だち二人は、一度は好きといわれたのに、相手のいろんな都合から付きあうことができずに、宙ぶらりんで数ヶ月がすぎている。なにがかなしいってその物語において悪者はいないということ。「Tinderで〝日記〟を見つけたよ」といわれたので、距離と性別で絞って、友だちとマッチした。みんなはわたしの友だちとマッチしないでね。

七月二十八日㈭
古着屋にいこうと思ってやめた。今日も暑かった。家に帰ると、汗の不快感に耐えきれず、即シャワーを浴びた。夏場は外に出るたびにシャワーを浴びるので、すぐタオルがなくなる。ゆえに雨が続くと、最初に困るのはタオルだ。ミニマリストの人は雨続きのときどうするのだろうか。洗い替えという概念はあるのか。わたしはミニマリストになんかならない。

七月二十九日㈮
YouTubeでFUJI ROCK FESTIVALを観る。ボタンひとつで次の会場にいける手軽さを考えると、わたしは現地にいくことに向かない。現地にいったらあれもこれもとは欲張れないだろうし、ほんとうに見たいステージを絞らないといけないし、体調のメンテナンスをしなければならない。一度はいってみたいっていいながら死ぬのかな。Vampire Weekend寝落ちしちゃった。

七月三十日㈯

朝はやく目覚めてしまったから、近所の喫茶店にいく。高円寺周辺は朝が遅いのでモーニングのお店は貴重。おばさんがキッチンの人に「わあおいしいそう」「完璧なタイミング」と声をかけている。自己肯定感はこういう小さな積み重ねから生まれる。ほんとうは生きているだけでほめられたいのに、わたしたちはほめられるために必要以上にがんばったりする。生きてることをほめる技術があれば、わたしたちはきっと人をしあわせにすることができるし、自分自身もきっとしあわせなんだと思う。

喫茶店を出て、付近を散歩していると、アスファルトの匂いがする。熱されたアスファルトからたちこめる匂いは夏特有のもので、それの匂いは小学生のころのプールの帰り道の記憶とつながっている。わたしは泳げないから、いい思い出なんか特にない。だからその当時の具体的な出来事ではなく、その当時の感覚だけが甦る。そのときわたしはなにを考えていたかはわからないけれど、これを夏だと思っていたようだ。

その足で図書館にも寄るもんだから、もうこれは夏休み。この図書館はわたしが越してきて初めていくようになった図書館だけど、子どものころからずっと通っていたような気もする。小学生時代、ほとんど本なんて読んでないけど。朝吹真理子を一冊も置いてなかったので、悪態をつくように棚のまわりを三周して寺山修司を一冊借りた。

今日もフジロックの配信を観る。ビールを飲んで、手づくりの餃子を食べて、すいかを食べた。石橋英子からCorneliusまで、ほとんどテレビの前で過ごしてた。

七月三十一日㊐

特技は休みの日の早起きかもしれない。小杉湯のとなりにある建物、小杉湯となりで日曜日限定で朝ごはんが食べれるらしいという噂を聞きつけて、自転車を漕ぐ。天井高の自然光が差し込む空間はたしかにコワーキングとしては気持ちよさそうだ。冷や汁をかっこみ、家に帰る。

フジロック最終日もほとんどフジロック観てる。ほとんどテレビの前にいた。いい感じに酔いもまわって、Superorganismを聞きながら、気持ちよくなってしまって、なぜか適当につくった卵焼きが、母親がつくる卵焼きそのものだった。母親がつくる卵焼きはたしかにいつも適当なんだけど、その適当さがおいしかった。ていねいなだし巻きもいいけど、これもいいんだ。

八月一日㊊

病院帰りにYonchome Cafeで仕事。ハッピーアワーで、ソフトドリンクよりも酒が安いから、ほんとは頼む気にならないんだけど、仕方なしにアイスティーとクラシックショコラを頼む。ハッピーアワーっていい言葉だと思う。夕方にはハッピーアワーという語感がよく似合う。でも夕方じゃなくてもいつでもハッピーなアワーでありたい。

ドラマーの友だちが「アンビエントってなに？」といっていて、音楽関係者なのにアンビエントを知らないなんてことあるんだなあと思いながら「ブライアン・イーノみたいなやつだよ」とメッセージを送ると「あれか!!」と返信がきた。

ブライアン・イーノの『Apollo: Atmospheres and Soundtracks』を聴きながら仕事をするけど、厳かすぎて仕事にならない。仕事なんかしている場合ではない。われわれはもっと遠くにいける。われわれはもっと遠くになれる。目を瞑るだけで、ほかの世界に連れてってくれる、外界のことを忘れてしまう、それはおそろしくさえある。そんなことを考えているとますます仕事が進まない。

ファーストデーだから、『ソー:ラブ&サンダー』を観ようと思ったけど、いい時間帯のがなかった。ほかの映画を観ようと思って、二度目の『カモン　カモン』を観る。二度観れば、この映画のことがわかるんじゃないかと思った。だけどわからなかった。この映画を観ていると、自分が愛の記憶にすっぽりと浸かっているような気持ちになる。だけど、愛されたこと、愛されなかったこと、愛したこと、愛さなかったこと、そういう感情を思い出す。わたしはこの映画に嫉妬している。だからほんとは素直に受け取ることができない。いつかわかる日がくるだろうか。たぶんまたいつかきっと観るのだと思う。

映画館を出たとき、世界が変わっていないかなと思うときがある。自分が望む自分や世界になっていないのかと。たった一度もそれは実現されたことはなく、確実に映画館に入ったときと同じ世界のままだ。映画を観て、少し変わった自分だけが世界に浮いている。わたしはまだこの世界と調和が取れていない。

八月二日㊋

眠りについたあと、友だちグループからの着信に気づいて、しばらくおしゃべりした。広島へ旅行にいった友だちが「これをお土産にすればよかった」と牡蠣のお手玉の写真を見せてくれた。でもお手玉って使い道がない。お手玉ってなに？ お手玉の用途って？ てか牡蠣のお手玉？ といいあう。「でもシルバニアファミリーならクッションになるんじゃないかな」といったら、「シルバニア界の牡蠣のヨギボーだね」と友だちがいう。ここまでのはなし、文章にすると訳がわからなくて好き。気がついたら寝落ちしていた。

まだ日が沈まない明るい時間、外に出る。前に進むたび、熱風が体にまとわりつく。空気が重い。沢木耕太郎の『深夜特急1―香港・マカオ―』を思い出した。暑さで景色が揺らめいているのか、暑さでわたしの目が揺らめているのかわからない。自転車だからかろうじて熱を誤魔化すことができるけれど、体から汗が噴き出すたびに体力が奪われていく。背中と太ももにしっかりとした不快感を感じる。こんな汗に覆われた体ではだれに会うこともできない。夏はだれにも会うことができない。つい二週間前に夏を好きになったかもしれないと思った。それは昼の暑さと夜の涼しさ、両方を味わうことができるからだ。こうも暑くては昼も夜も関係ない。わたしはまた夏を好きになることができないまま、今年の夏を終えるのだろうなと思う。

ひさしぶりにセフレの家にきた。GWぶりに会う。本格的なタコスをつくったから味わって食べてという。この人は、パンや麺を生地からつくるような男で、そういうところがおもしろくよかった。このタコスの肉も八時間煮込んだという。おいしいというと「そう、おいしいんだよ」と返された。食べ終わって、二人でだらだらテレビを見ていると、突然キスされる。「いや病気うつるよ?」というと「ゴムすれば大丈夫でしょ」という。じゃあ自己責任で。

八月三日㊌

喉に違和感を感じながら目覚める。フジロックのJapanese Breakfastを観てから、朝は『恋する惑星』の主題歌「夢中人」ばかり聴いている。iPadで流しながら、昨日命からがら手にいれたコーヒー豆を挽く。

「夢中人」を聴くと、香港の街を気ままに彷徨い、恋に落ちた主人公の多幸感に満ちた様子を思い出す。香港の街での食堂の女の子と警官の恋はどこか浮世離れしていて、ふわふわと浮遊し、きらめいている。香港の屋台の汚さも、このマジックにかかれば、美しい背景になる。

わたしはこの映画を観て、一時期トニー・レオンに恋をしていた。トニー・レオンのタンクトップにブリーフという破壊力ある姿に落ちた。トニー・レオンが困ったように笑うだけで、なんでも許せるような気がした。困ったように笑うのは、振り回す女の子がいるからなんだけどね。

夜、『わたしは最悪。』を観にいく。才能がある人に惹かれてしまうことに、身に覚えがある。自分が不安定なとき、才能のそばにいると安心する。その光で自分を照らそうとする。ただそれは自分か相手を食いつぶすことになる。でもいまは違う、と思う。相手がなにをしてなにを知っているかよりも、なにを感じてなにを考えて生きているかのほうが重要だと思う。その人の態度や姿勢を好きでありたい。主人公の年上の恋人の顔が、昔好きだった年上男性の顔の造形と似すぎていて、少しこわいくらいだった。ああいう柔和な笑い方をする人だった。

八月四日㊍

喉の違和感を感じて目が覚めた。真っ暗な部屋に突然光が差し込む。雷。体を引き上げると、肩と背中と腕に特有の関節痛を感じる。雷と雷の合間に、体を起こして葛根湯を飲む。飲んだその瞬間に一瞬よくなったような気がする。そんなことはないのだけど。

朝になればよくなっているというのは希望的観測で、どちらかといえば後退している。夜よりもはっきりとした風邪のひきはじめを感じる。頭痛や怠さはないけれど、油断すればすぐに体を侵食されてしまうようなせめぎあい。クーラーを弱めて、窓を開ける。涼しいという実感はひさしぶりだ。ここのところの熱波は夜の風さえ奪っていた。なのに、背中の奥のほうから感じるじりじりとした不快感のせいで、心地よさが半減している。いや、そうこうしているうちに、どんどんひどくなる関節痛と、37・8度の発熱。これは喉風邪ではなく、おそらくコロナだ。会社に連絡をいれて午後休にしてもらう。

そこから付近の診療所に、しらみつぶしに電話をいれる。電話をかけるたび、申し訳なさそうに「本日の予約はいっぱいでして…」といわれる。木曜で休診も多いから諦めようかと思ったけど、先日罹患したばかりの火曜に会ったセフレが「はやめに受けたほうがいいよ」というので諦めずに電話かける。午後イチで電話をかけた病院にたまたま空きがあって無事に予約ができた。

Tinderでマッチしている薬剤師の人のアドバイスに従って、まだ元気なうちにネットスーパーで注文する。ありがたい。日記ちゃんの日記、もしかして疑問を投げかけたら、たいがいのことは解決してしまうのだろうか。結果は陽性だった。昨日の喉の痛みの伏線回収をしてしまった。明日からの日記は療養日記になると思う。

好きな人からも「僕もコロナ」と連絡がくる。同じ日になるなんて、僕たち運命共同体だね、なんてきもいメッセージは送らずに、お互いの病状を確認しあう。同じ状況の人が身近にいてくれるのは心強い。

八月五日㊎

七時に目が覚めると、熱は平熱になり、関節痛もひいていた。喉の痛みと咳はまだあるけれど、そこまでだるくもない。ネットで調べてみると、一日で解熱してしまう人も少なくないようだ。療養日記になると宣言したものの、予想外に元気だ。

一日を通して、あいだに睡眠やYouTubeを挟みながら、エリック・ロメールの『緑の光線』を観ていた。ロメールの映画は劇的な設定があるとか、ドラマティックなものではなく、日常的で地続きな、ごくありふれた恋愛を描いている。時代も国も違うのに「昨日まったく同じこと感じました…」みたいな感覚で共感してしまう部分が多い。どんなにモテていても自分に自信がないとそれを受け取れないとか、なにかにすがろうとしているうちはろくな恋人に恵まれないとか、そういう恋愛あるあるの教訓が詰まっている。映画のなかの主人公たちは恋愛を通して、たしかに成長していくのだけれど、それを大袈裟に描くこともなく、そのたった一歩を軽やかに描く。どんなに湿っぽい女性が主人公だったとしても、全体としてはからりとしているところが好きだ。登場人物にも物語にも深入りしない視線。

「仲里依紗です。」チャンネルを観ていたら、韓国チキンが無性に食べたくなって、夕食に食べるかどうか数時間悩んでいると、夕方くらいから熱が上がった。チキンは我慢して、雑炊をつくった。食べていると、Tシャツのなかでひとすじの汗が流れた。体が熱い。昼間よりも少し体の重さを感じる。具合が悪いとき、起き上がるとつらいけど、横になるとましという感覚、具合が悪くなるたび、ふしぎだなと思う。「横になる」と打とうとして、まちがえて「猫になる」と打ってしまった。「猫になりたい」。

八月六日㊏

喉が痛すぎて、クーラーをつけることができない。窓を開け放って、過ごすことができてたすかる。外の気温で、虫の音を聞きながら読書をしていると、キャンプの夜を思い出す。キャンプにいって読書をするような人間ではなかったけれど、いまはそれがしたい。でもこんなふうに寝込んでいて、なんてさみしい夏なんだろう。

わたしはリアリストだし、リアリスティックな文章しか書けないから、ポエティックな文章に憧れている。たまにそれに寄せているけど、ぎこちない。わたしのなかには詩の言葉はないと、そういう文章を読むたびに思う。思い出した。最近、昔仕事した文筆家の文章を雑誌で読んだ。情緒的な導入から違和感なく、シームレスに機能的な文章に繋がれていて、心底ほれぼれしてしまった。憧れる人がいるならば、この人だと思う。

ずっと寝ているから、断片的に出来事を思い出すことだけ。それはそれでかまわないのだ。

八月八日㊊

目覚めた瞬間、まず喉が痛いかどうかを確認することから一日がはじまることが常態化している。幸い喉の痛みは少しずつひいている。起き上がり、自分の体調を確認する。ぼんやりとした頭の痛みが抜けない。痛み、といいきれるようなものではなく、もっとあいまいで、前頭部に纏うもやみたいなものだ。これは熱が下がったときから続いている。激しく痛むことはないが、じわじわと圧が時間ごとに変わっていく。はっきりとつらいと感じる瞬間もあれば、少し気になる程度であるときもある。

会社には実態よりも少し重めに病状を説明する。あいつは戻ってこない、というのをわかっておいてもらったほうが楽だ。わたしはこういうときに決してがんばらない。みんながんばらないほうがいいと思っているから。実際問題、朝体調がよくても、突然体調が悪くなることもあって、完治といえるまでは、わたしも十分後の自分の体調がわからない。「しっかり寝ること」という連絡に「養生します」と返した。お大事にという言葉に対してはほとんどすべてに養生しますと返している気がする。

Uber Eatsで朝マックを頼もうと思ったけれど、一人分だと高くついてしまうのであきらめた。かわりにお昼にパンケーキを頼むことにした。これくらいの贅沢はいいだろう。昨日からなぜだが無性にパンケーキが食べたかった。配達員の的確な運びによって、思ったよりもはやく届いた。パンケーキ、ソーセージ、グリルチキン、ポテト、サラダ、紫キャベツのピクルス。これは紛れもなく外界の食べものだった。意図的に頼んだわけではないけれど、あたたかい甘いものとしょっぱいもの両方あるのがありがたい。この生活でもっとも遠い存在だ。自分ではぜったいつくることができないパンケーキに救われたりする。

昼ごはん後に薬を飲むと、こっくりと目が重くなり、眠ってしまう。とてもよく寝た。昼寝明けから頭の違和感が増している。頭痛とはいえない違和感が気味が悪い。でも体調の悪さと引き換えにじっと止まることを手にいれた。ここのところ、前に比べればずいぶんと焦らなくなったが、焦る必要がない数日。休暇ではなく、体調を悪くしなければ、こうしてゆっくりとした時間を過ごすこともできないのがかなしい。

八月九日㊋

そろそろ曜日の感覚がなくなってきた。朝起きてとりあえずYouTubeを観るという生活をしている。喉を痛めているので、笑えるものはなるべく見ないようにしているのだけど、「佐久間宣行のNOBROCK TV」の真空ジェシカの企画をなんの気もなしに開いてしまった。なんておそろしいんだ、一週間分は笑った。あまりにも笑いがとまらないので、喉を守るために途中で見るのをやめたが、耐えきれず再度再生ボタンを押してしまう。川北さんのシャンクスのボケがこわくて好き。
夕方、三宅一生さんが亡くなったことを知る。各所のクリエイターが追悼メッセージをあげていたのを少しずつ読んだ。買おうかどうか悩んでそのままになっていた三宅一生関連の本を買おうと思った。

八月十日㊌
やんわりと意識が遠のいていく頭痛。まるで海の中にいるみたいだと思う。やわらかに発光するように痛む。そういう頭痛が続いている。底のないところに浮かんでいる。沈みもしない。発光していたとしても、だれもいないのでだれも気づきはしない。わたしは一人でいることを強いられているし、わたしもそれを望んでいる。夜、電気を最小限にして、小さくなる。気がつくと眠っているはず。終わりがみえない。海にいきたい。

八月十一日㊍ 山の日
夕方に差し掛かってきているのにもかかわらず、まだ外はじりじりと太陽が差す。

空席の机に光が反射して、光の溜まりができている。カウンター席と店主の距離は近い。店主はわたしが頼んだサンドウィッチをつくっている。隣のおばさんは文庫本を読んでいる。サイフォン式のコーヒーがこぽこぽと並んで音を立てる。

これは喫茶店の記憶。外に出られないときに、思い出した記憶が喫茶店の記憶だった。だれかと過ごしている時間ではなく、一人ぼーっと過ごしている時間なのが、わたしらしいと思った。サンドウィッチを頬張りながら、コーヒーを啜って、本でも読みたい。外に出なくたって生きていける。「玄関前に置いてください」が今日唯一の発話だったとしても。Uber Eatsが届くのと同時に洗濯が終わった。買ってから一度も着ていない古着のワンピースを二着洗った。来週の土曜にはこれを着るだろう。

わたしのiPhoneの液晶は割れてしまっていて、電池を表示する箇所がちょうど真っ黒になっている。なにか作業をしている途中でなんの前触れもなく突然電池が切れる。ほんとは前触れはある。残り20%だとか10%だとか律儀に教えてくれる。それをぜんぶ無視している。その気になればわかることを見ないふりしているとか、そのサインをぜんぶ無視しているとか、そういうことの知らせなのかもしれない。療養期間が明けたら、まず液晶と電池を交換しよう。

夜、ずっと日記を交換している人が『親密さ』を観たというので、長い電話をした。

人間とひさしぶりに話した。親密さは人の行動を変えてしまう可能性のある映画だ。うかつに観るべきではない。親密さを観るということは、親密さとはなにかを考えてしまうことだ。それはおそろしさを伴う。年上が年下にえらそうなことをいうのは、すべてハラスメントなので、ぜんぶだめ。でもがんばれって思った。

八月十二日㊎

昼寝をした。夢を見た。学校のようなところで走ってる。たぶん、好きな人を探してる。その好きな人というのは夢の中だけの好きな人で、短髪の野球部みたいな男の子だったような気がする。学校中を走りまわる。下駄箱にくる。下駄箱の近くに、本棚があって、新品の本がそこにたくさん並べてある。ぜんぶ小説。たぶん持って帰っていいんだと思う。どれにしようかと選んでいたら、目が覚めた。好きな人、途中でどうでもよくなってる。最近、夢の中でよく走っている。

昼寝の直前まで『ツイン・ピークス』を観ていた。ツインピークス、めちゃくちゃおもしろい。めちゃくちゃリンチだ。ツイン・ピークスとランジャタイと真空ジェシカを交互に観るような生活も今日で終わりだ。ランジャタイが蘭奢待という香木からコンビ名を取ったというエピソードがお洒落すぎるので、わたしも蘭奢待って名乗りたい。

八月十三日㊏

六時に目が覚めると、みんな示しあわせたように空の写真をあげていた。オレンジとピンクとむらさきとブルーが混ざった空。オレンジ色の虹がかかっていた。オレンジ色の虹。そのまま二度寝した。覚醒と睡眠の微睡で、わずかに働く思考でなにを考えているのか、起きれば忘れてしまう。雨音が聞こえる。

朝起きて朝ごはんを食べる。歩きながら、「ランジャタイのオールナイトニッポンX」を聴いた。ひさしぶりの外だった。十日間、高円寺の街を見ていなかった。実感としてはひさしぶりだけど、特に代わり映えもしない、いつもの景色で安心した。スーパー帰り、片手に寿司パックを持っていると、イヤホンから「月光肛門」と聞こえて、笑いがとまらなくなった。道で突然笑い出す人を見たことあるけど、あれはみんなラジオを聴いてるんだなと思っている。ただ、寿司を持ちながら笑っている人は見たことがない。

夜、台風がきてるというのに、親密さについて電話した人と飲みにいくことになった。外出できるようになったのだから、飲みにいきたかった。飲みにいくまで時間があったので、おとぎ話の配信を見ていた。台風で日比谷野音音楽堂のライブが中止になってしまって、急遽配信ライブをやっていた。今度はちゃんと野音でやれるといいな。

野音でやるときは聴きにいきたい。おとぎ話の新譜はとてもいい。

　はじめましての人と待ち合わせる気恥ずかしさに慣れることはない。すれ違ったときに、なんとなくあの人だろうかと思った人がいた。やっぱりそうだった。相手も同じことを思っていたというのもおもしろかった。よく日記を送ってくれる人だったけど、細かいことまで覚えていてくれて、こんなに熱心に読んでくれている人がいるのだなと思うとありがたかった。長いこと読んでくれた末に会う人はみんなたいがい気が合う。自分のことを一から説明しなくてもいいのはコミュニケーションにおいて、いろんなことをショートカットできる。すべての人間関係において、自然なかたちで日記を導入したい。

　店を出ると、もう雨は上がっていて、台風なんてどこにもいなそうだった。台風はいつもこうだ。メアリー。

八月十四日㊐
家に帰ると、ＢＡＤモードに入ってしまった。それは明確にコロナの影響だと思われる頭痛が引き金にはなっているのだけど、友だちからそっけなくされたことや、明日から仕事をしないといけないこと、現実から逃避していたさまざまな諸問題に目を向けざるを得ない時期が近づいていること、そういうことが積み重なっている。どんどん深みにはまってしまう。

布団の上に横たわって、フォームローラーを転がして筋膜をリリースしながら、YouTubeとTwitterとTwitterから派生したリンクをうだうだ往復して、時間を経過させる。どんなにおもしろいものを見てもなぜかむなしい。笑っていてもさみしい。自分のことを元気にする術が見つからないし、それを考える気力もない。帽子を買おうと思って、気に入った帽子があったのだけど、なぜか予約販売でいま購入すると九月下旬に届くようになっていた。ただそれだけでもうぜんぶおしまいの気分になる。なにをやってもうまくいかない。

こうやって書き出してしまえば、なにも起こっていないことがわかる。確かなことは頭が痛くて不調であることと、明日の仕事が憂鬱であること。寝てしまえばいいのだけど、寝ると明日になるから、明日になったら仕事をしないといけない。でも寝ないとだめ。

八月十五日㊊

昨日の日記の鬱々さにびっくりした。鬱々としたときにしか書けない鬱々があるから、それを残しておくのはおもしろい。そもそも日記というか文章は、そのときのその感情でしか書けないから、その感情を文章に真空パックしたい。あとで読んだら恥ずかしくなることもわかった上で、わざわざそういうことを書く。それで引っ込めてしまった感情にはもう会えない気がするから。といいつつ、人生で何度も同じ感情を体験するのだけど。だれかに読まれているから恥ずかしいと思うだけで、自分の日記ってそういうもんな気がする。

やんごとなき理由で吉祥寺にいき、用事の帰りにジュンク堂に寄る。『ファンダムエコノミー入門　BTSから、クリエイターエコノミー、メタバースまで』『資本主義リアリズム』『ポスト資本主義の欲望』を買う。合計金額にビビる。黒鳥社の書籍はあいかわらず装丁がかっこよくてずるい。

家に戻ってパンにレタスとトマトとベーコンを挟んだものを食べる。意図せずBLTとなった。挟むために用意したレタスとトマトは、挟みきれなかったのでサラダにして食べた。サンドウィッチのレタスとトマトとサラダのレタスとトマトは別物。「あちこちオードリー」の土田さんとモグライダーの回を見ながら食べる。

家を出て七つ森に向かう。この季節の七つ森は暑くて居心地がいいとはいえないけれど、それでも読書をするなら七つ森。季節のドリンクからアイスチャイを選んだ。

さっき買った『ポスト資本主義の欲望』を二章分読んだ。最近はエッセイか文芸ばかり読んでいたので、なんとか頭を切り替えたい。二十二時すぎに店を出る。自転車で遠回りをすると、お盆すぎの虫の音がする。もう八月も後半だ。十日間ほどワープしたせいで、時空が歪む。こんなに夏って一瞬ですぎるっけ？　と思ったけれど、いまだかつて夏が一瞬ですぎ去らなかったことはない。子どものころからいつだって夏は掴むことはできない、すぎていくだけ。今日はきちんと夜の涼しさを感じた。明日はとても暑いらしい。

八月十六日㊋
見た目も思考もクールなのにメッセージも絵文字もクソださなあなたどうして

八月十七日㊌
夕方ごろ、頭がかち割れそうな頭痛に襲われる。ちょっと横になれば治るかと思ったけど、一時間ほど眠ってしまっていて、起きても同じように痛いままだった。ロキソニンを飲んで、横になるけど、やっぱりよくならない。コロナの後遺症かどうかもわからない。いままではもっと頭がぼうっとする頭痛だった。頭痛の系統が変わった。

気がついたら寝てしまっていて、二十三時をすぎていた。明日は朝が早いから、もう一度寝なくてはいけない。でも、こういうときって意外と寝れてしまう。ずっと寝てばかりいる気がする。こんなときに人生の生産性を気にするなって思う。普段そんなこと考えてないんだから。寝る。

八月十八日㊍

朝起きるとけっこう体調が悪い。熱とかあるわけでもなく、このだるいって症状はなかなか厄介だ。一応、シャワーを浴びて、メイクまでして準備をするけど、やっぱ具合が悪い。めまいがする。なんでよりよって今日に。悲しくなる。治りかけていた喉も痛い。

『わたし達はおとな』で、体調の悪さを予測しろとキレるシーンがあるけれど、そんなん無理だ。大丈夫ですか、無理してませんか。大丈夫だし、無理してなかった。でも今日はだめだった。そんなの予測してなかった。

横になっていると、どんどん血の気がひいていく。節々も痛くなってきた。これ後遺症なのかな、どうなんかな。だとしたら、こういうふうにまた急な体調不良になるかもしれないことを念頭にいれながら、生活しないといけないのかな。よくなる気配がまったくなくて、体調が悪いと連絡すると、無理せずと返信がきた。こんなときだから、だれが抜けてもいいように、準備していた。ほんとにそうなるとは。

寝て起きた。でも一向によくなっていなかった。わかりやすく頭も痛いし、節々も痛い。熱はない。もう一度寝て起きた。まだ痛い。これは寝すぎて痛い？ もうかれこれ二十四時間以上痛いことになる。コンビニで食べたいものを買う。ケイジャンチキンとチョコとバニラのソフトクリーム。ひどい格好でコンビニにいったら、レジ横に温めを待つイケメンがいて、たじろいでしまった。コンビニのイケメンくらいで、ひよるな。わたしの人生には関係ないだろう。

八月十九日㊎

夕方。外を歩いていると、公園の入り口のポールに、少し小さめの、白と水色の縞のキャップがかけられていた。Leeのやつ。公園にはだれもいなくて、砂場にはだれかの足跡が残っていた。今日の朝、Twitterのトレンドで夏の終わりが入っていた。夏の終わりの象徴みたいな景色だった。夏の抜け殻。

夜。買ったトマトに虫がついていたので、家の外に出て、トマトをブルンブルン振りまわして、虫を逃した。だれにも見られなくてよかった。トマトを持って暴れ狂う女と同じアパートに住みたくない。

八月二十日㊏

日記を交換する女の子と高円寺を散歩した。Tinderで女の子と会うのは初めてだった。女の子と会えるのはうれしい。Tinderは「みんな」に設定しているけど、女の子はなかなかマッチしない。たまに日記を交換しましょうという女の子を見かけるので、右スワイプするのだけどマッチしない。需要と供給はあっているはずなのにかなしい。古着屋をめぐったり、おいしいカレー屋さんにいったり、いい高円寺ライフだった。とてもいい休日だった。

夕方。「病気、治ったよ」というと、いつもは家なのに「ホテルいこっか」と誘われて、鶯谷で待ち合わせた。この日記では雪の日の人と書いていた、一瞬好きになった人。暗に治ってから会おうとメッセージが途絶えて、彼の家に抜きにいくこともなく、しばらく会ってなかった。見た目も思考もクールだけど、メッセージがくそダサい。でも会ってみると、外見と話すことはクールなので、どうしてこうなるんだろうと思いつつ、その真意については聞けなかった。「緊張してるの？」といって、わたしの手を握る。答えるかわりに、触り心地のよい肌にもたれかかる。退室時間が近づいて、服を着ると、彼は「そのワンピースもイヤリングもかわいいね、百点だね」と思い出したようにほめていた。買ったきり、まったく着れていなかったワンピースが、この夏のうちに日の目をみてよかった。彼と付き合いたいわけではないけれど、こんなに相性のいい相手と付き合えないなんてかなしいと思ってしまう。付き合える相手として現れてほしかった。男らしい顔つきも、背が高くほどよく華奢な体も、もっちりとした肌も、魅力的だ。セフレをつくるくせにフェミニストなところも、事後に哲学的な話をしがちなところも、心地がよかった。だから一度は好きになった。こんな男に抱かれていて、恋心を抱かないほうが無理がある。でも、あのまま会えないままにならなくてよかった。いまは快楽だけを享受できればそれでいい。

夜。今日はおそばが食べたいな、と思っていたのに、気がついたらなぜかサイゼリヤにいた。野菜と白いんげん豆の煮込みと、レフォールソースのハンバーグとサルシッチャの盛り合わせを頼む。最近サイゼでいちばんおいしいと思っているメニュー。目がクリっとしたバンギャと金髪のバンドマン。きれいなお母さんの親子連れ。ギャルみの強いママさん会。関係性不明な年の差男女。歌詞かネタを書く青年。いつものサイゼ的景色だった。サイゼから出るとそれなりの雨でコンビニで傘を買う。コンビニに入ると、小学校低学年くらいの男の子が目の前で通せんぼをしている。どうしたらよいかわからず呆然としていると、男の子が人見知りを発動したようで去っていった。今日は花火大会だったらしい。夏らしいこと、あといくつできるんだろう。

八月二十一日㊐

八月九日㊋に佐久間さんのYouTubeチャンネル「佐久間宣行のNOBROCK TV」の「【狂気】真空ジェシカ　ボケたら自分に電流が流れる究極の状態で、川北はボケと電流どちらを選ぶのか?」を観てから、すっかり川北さんに落ちてしまい、朝から晩まで「真空ジェシカのラジオ父ちゃん」を聴くような生活になってしまった。

ラジオを聴きながら、朝マックを買いにいく。家に帰って、朝マックのパンケーキを食べながら、「ゴッドタン」を観てると、モグライダーの芝さんが「ランジャタイと真空ジェシカは女の子にわたしたちが支えたいと思わせるものを持っている」という旨を話していて、たしかにと思った。わたしもワーキャーだ。

わたしはいま川北さんの顔ファンであることを認める。その姿を見ては、確実にドキドキしているし、ボケで上裸になっているところを見るたびに照れてしまうし、顔と声がとにかくいい。推しという感情になかなかなれないのだけど、ひさしぶりにこれはそうなのかもしれない。三、四年前に一ヶ月間ほど七尾旅人のことしか考えられなくなった以来の推しという感情（現在、七尾旅人に関しては楽曲が好きというところに落ち着いている）。推しがいる生活というのはこんなにも心が高まるのか。推しは自分の生活とは無関係だということにとても救われる。ただこんな感情を向けられることはきっと望んでいないだろうし、ルール違反だ。まーごめ。

川北さんのよさというのは、高校、大学時代の「文化系部活の二個上の先輩」という概念を体現しているところにある。高一のときの高三。大一のときの大三。ひととおりのことはできる、あの飄々とした感じ。新歓と追い出しコンパのときくらいにしかしゃべるチャンスがなくて、勇気を出して、まわりの先輩にアシストしてもらいながら、なんとか隣の席にいって、話してみたら意外と話しやすくて気もあったけど、特にそのあとそれ以上のことはない。あの小さな高揚とせつなさが共存している。近づけたと思っても、結局実態はわからないし、掴みどころがない。わたしが入学したときにはすでに安定した彼女がいるし、下ネタばかりいうくせに彼女以外には興味がない。「先輩とずっと話したいと思ってました」といっても、「ありがとう」と、ぜったいに目を合わさない。そういう先輩みに溢れている。川北先輩、好きにだってさせてくれないじゃん。そういう世界線に気がつけばワープしている。頭おかしいボケをかましてて、それをただただお笑いとして、享受していたはずなのに。いつどこでインストールしてしまった視線なのだろう。違うんだ、わたしはちゃんと芸人としてみたいんだ。こんな見方はしたくないんだ。
ガクさんは、ツッコミの能力が異常に高いのに、ポンコツという愛され要素を持っていて、強みがすごいと思う。なおかつゲームやマンガなどの趣味でテレビやコラムに出れる武器を持っている。深夜でＭＣ番組とかやってほしい。金髪のせいで顔が認識できない。ガクさんも川北さんも背格好がとてもちょうどよくて好き。

八月二十三日㊋
好きな人消えちゃった。わたしの好きな人は日記を送りあう人だと何度か書いたことがある。彼から日記が送られてこなくなって一ヶ月ほど経つ。ずっとTinder上で送り続けていた。だけどついにTinderからいなくなっちゃった。ほかの連絡手段はある。でもさどうしたのなんて聞けないじゃん。また日記を送ってよなんて言えないじゃん。相手の感情を思い通りにしたいなんてわがままだってわかってる。振り向いてくれなくてもいい。でも興味がないのがつらかった。大事な友だちだなんて、ほんとにいまも思ってる？　この恋の終わりをどこにするかずっと悩んでいたけど、ここなのかもしれない。

けどわたしあなたから日記がこなくなってからのほうが日記を書くのがたのしかったのは、ほんと。わたしあなたの日記に負けたくなかったの。あなたの日々に嫉妬してたの。でもそれ忘れられたの。だからたのしかった。わたしの日記が好きだとあなたはいったけど、あなたはあなた自身の日記がいちばん好きだったよ。あなたのリマインダーになれてうれしい気がしてた。ほんとは満足してなかった。わたしのこともっと見てほしかった。けどもう自由なの。

8/23㊋

住む場所が変わったので、Tinderをインストールし直した。Pairsは退会した。

ここ最近のTinderといえば、役割は二つだった。一つはこの人は僕のことをいいなと思ってくれたんだーと自己承認欲求を満たしてくれる媒体。自己の需要を確認しそれで終わり。出会うこともない。もう一つは日記ちゃんからの日記を受け取るポスト。前ほどの熱量で日記に向きあうことができなくなってからは、日記ちゃんの日記を直視することができなくなっていた。よく毎日こんなちゃんと書けるなと思うし、あんなに熱心に影響を受けていたあの頃の自分に申し訳ない気持ちにもなる。てにをは辞典と連想語辞典を片手に自分を内省する時間をもう取ることができない。物理的にも精神的にも。

八月二十四日㊌

ようやくわかった。わたしが求めていたものはロイヤルホストの季節のデザート、焦がしメロンのブリュレパフェだった。わたしが夢中になれるもの。パフェを食べるあいだのこと。クリーム色のクリームに包まれた、やわらかい甘い水分が口の中でほぐれていく、その隙間のずっと遠くに、野菜の面影のような青臭さを感じる。キラキラ光る焦がされた砂糖がじゃりっといったかと思えば、夕方色の赤肉の氷がまたじゃりっといった。その奥になにがあるのか知りたくて、なるべく食べ進めないように、そっと細く細く通り抜けると、白くてぷるんとした杏仁豆腐。ここにアンニン、おまえがいるとは。そのひとつひとつの層をていねいに崩さないようにこっそり引きあげては、ときに暴力的な強さでスプーンを無理矢理ねじ込んで、各層の断片たちをさじの上に乗せて、戻ってくる。それぞれに個性を与えられた甘さは、味も食感も等しく、このパフェに参画し構成する。陶酔に似た夢を見ながら、透明なガラスに白とオレンジがどろどろに溶けていくのを観察した。わたしはこの興奮がばれないように事前に注いでおいた、パラダイストロピカルアイスティを飲み干した。駅からいちばん近い逃避行。窓の向こうで業務用の明かりが強烈に光ってる。

八月二十五日㊍

長い散歩をするつもりが短い散歩になった。この気候がずっと続けばいいのにと思っているのに、寒くなるとさみしく思う。お気に入りのワンピースを三着買ったおかげで、もしかしたら夏のことを少し好きになっていたのかもしれない。

八月二十六日㊎

たまたまインスタで見かけて、タイトルのあまりの美しさに買った『愛と同じくらい孤独』。でもサガンは読んだことがない。これを読むために、七つ森に向かう。店内はめずらしく満員。金曜日だからか。案内された席の隣には、緑のパンツが映える装いをした、ロングパーマの眼鏡をかけた女性がいた。おそらくゲラと思われる紙の束を確認している。物書きという肩書きが似合いそうな人。すてきな人だと思った。アイスティーを頼んで『愛と同じくらい孤独』を読んでいると、「すみません、それどこで買いましたか?」と彼女に声をかけられた。落ち着いたトーンのやわらかな声。ふわっと香る香水。ずっと探しているんです、と彼女は付け足す。わたしは、メルカリで買いました、というあまりにも色気のない回答をした。彼女が残念そうな顔をしているので、「でも日本の古本屋にはあると思いますよ」というと、日本の古本屋を知らなかったようで、説明するとていねいにメモをしていた。そのあとすぐに「お邪魔しました、ありがとうございました」といって、席を立った。お互いに気を使わないように出る直前に聞いたみたいだった。一連の所作に、一瞬で魅了されてしまった。すてきな女性が探している本を読んでいるというシチュエーションには酔ってしまうのもやむを得ない。中央線に住むこういう女性になりたかったはずなんだよなと思いながら、もう一度本に目を落とす。

しばらくすると次に隣の席に、大学生くらいの付き合いたてのようなカップルがきた。ONE PIECEと書かれた袋を持っている。二人は名物のオムごはんを頼むことを即決めて、それだけでわあと盛り上がった。男の子がとにかくしゃべり、女の子がそれにあわせてけらけら笑う。他人であるわたしからすれば、特におもしろくもない話なのだけど、笑いと相槌を交えながら聞く彼女と、その彼女をたのしませるように一生懸命話し続ける彼が、とても愛おしかった。その風貌と会話のテンポがどことなく令和のそれではなく、昭和的な雰囲気を纏っていて、どこか映画的な空気を感じた。かといって、読書の邪魔になることなく、心地いい音声としてそれは流れた。

読み進めているうちに、いまこの手元にある本をあの女性に渡してしまえばよかったと思った。わたしよりも彼女に似合いの本だと思う。書くことと、愛することと、孤独についてのインタビュー。

八月二十七日㈯

恋の初期作用として、朝はやく起きることができるようになる。恋をしているだけで、一日のはじまりが尊いと、おそらく体が感じてるのだろう。八月に入ってから、朝はやく起きることはなくなった。初期と呼ばれる期間をどうやら通過したようだ。恋していることに慣れたのか。いつまでも同じ体温で好きではいられないと気づく。

十時に目が覚めて、少しだらだらしているだけで、十一時。これではだめだと思って、思いきって起き上がってシャワーを浴びる。化粧水とクリームを塗る。その流れでメイクをする。どこにいこうかと悩んだ末に、来週で終わってしまう、ＤＩＣ川村記念美術館のカラーフィールド展にいくことにした。電車で読書がしたかった。

総武線に乗る。錦糸町の駅のホームで乗り換える電車を待ちながら、ニューデイズで買ったサーモン寿司といくら鮭おにぎりを食べる。ニューデイズのおにぎりはお寿司にかぎる。紺色の帯の電車に乗る。ようやく折り返し地点。本の残りページはまだまだある。千葉を超えたあたりから景色が変わった。車窓は田んぼでいっぱいになった。収穫間近の稲穂が揺れている。ひさしぶりに遠くまできた気分。もうずっと最大二時間の旅しか出れてない。コロナ禍になってからずっと。ぽーんとなにも考えず（お金の心配や仕事の調整やどこにいくか調べることもせず）遠くにいきたい。

最寄りの佐倉駅についていて、おなかが減っていたので、近くのパン屋でドーナツを買って、バス停で食べた。後ろを振り返るといくつかの二人組が待っている。けっこう人気みたいだ。送迎バスに乗って、美術館に向かう。バスの中でカネコアヤノを聴く。長い下り坂の広い道路も、名前の主張が強いラーメン屋も、田んぼの隣の林も、新鮮だ。何度かきたことあるはずなのに、ぜんぜん記憶になくて知らない土地。

美術館に着くと、大きな池から噴水が出ている。噴水だ、と思った。大きな水が好きだからしばらく眺める。館内に入ると、それなりに賑わっている。辺境の美術館だっていうのに。親子連れも多くて、夏休み最後のお出かけに抽象画の展覧会なんて羨ましいなと思った。でも人が多い展示は集中できなくて苦手。ただでさえ最近は作品に集中することができないコンディションだ。前は感じられていたことが、いまはずっと捕まえることができなくて、自分のなかで消化している感覚がない。ほとんどライフワークのような展示通いもいまは避けている。思うように足が向かない。

人混みの展示室を何周かうろちょろしているうちに、人がだんだんと減っていった。気がつけば、展示室にはわたし一人だった。大きなキャンバスの前に立つ。言語はなにも出てこない。あきらめて、ぎゅっと集中して、絵画のなかに取り込まれることをイメージする。ゆらめく色に身を委ねる。手放す。そんなことを繰り返しながら展示室をぐるぐるとまわる。思考がいらない、思考をやめよう。気に入った作品の前に立って、この感覚を忘れないように感じ取る。もうこれでいっぱい、のところで展示室を出て、ミュージアムショップでポストカードを買った。

帰りもバスに乗る。西日がさす。またバスではカネコアヤノを聴く。行きと同じように知らない景色はいいなあとまた思う。駅に着いたらすぐ電車に乗り、千葉で乗り換える。本を読んでいたら、あっという間に高円寺だった。なんとなくいつもより街が賑わっている。今日、阿波踊りなんだ。いきたかったお店にふられてしまい、スーパーでマグロと納豆巻きと青島ビールを買って帰った。

八月二十八日㊐

「さみしい」と連絡がきて電話をした。奇遇。わたしもさみしいと思っていた。『愛と同じくらい孤独』に孤独はすばらしいことだと書いてあったけど、今日はさみしかった。寂しがりやそうな彼は猫のように話す。顔も素性も知らないわたしに、休日にパンを買いにいくなんてかわいいね、と彼はいった。

八月二十九日㊊

白いワンピースを着て、先日買ったばかりのシャツを羽織って、座敷わらしみたいに歩く。座敷わらしがどんなんかよくしらんけど。背が低いわたしは比較的座敷わらしだと思う。

淡いピンクとむらさきが施された服を纏った小さな女の子が横断歩道を渡りながら、また明日ねー！　と大きな声を出している。対岸には自転車の後ろに乗った女の子とそのお父さん。お父さんが女の子に、ほらバイバイしなと促している。

こういうとき、わたしは素直にバイバイといえない日があった。はずかしかったんだろうか。昨日までできたことが次の日にはできなくなって、次できるかわからない。技術の問題ではなく、メンタルの問題だから、どうしてと聞かれても、わからないとしか答えられない。

散歩しながら、スマホにこの日記を打ち込んだ。何秒かにいっかい、ちいさな雨粒が体にあたった。懲りもせずまたロイヤルホストにきて、メロンのブリュレパフェを食べて、トロピカルティーを飲んだ。隣の席の女子高生がわたしは食べたことがないアンガスステーキセットを食べている。このロイホはトラックが通るたびに、座面が揺れる。

八月三十日㊋

家にゴキブリが出た。わたしは戦わない。援軍を頼むこともできない。ただカリカリとヤツが部屋の中を這いまわるのを許すだけだ。無力。ゴキブリホイホイの設置箇所を増やして、ゴキブリがかかるのを祈る。寝ることもできずに、睡眠時間だけが削られていく。

ひさびさにTinderでヤリモクからメッセージがきたので、ゴキブリのせいで眠れないし、どうやって誘ってくるかな〜という気持ちで返信した。「セックスしてますか？」「満足してますか？」「まだ伸び代あるって思いませんか？」質問があまりに不躾だ。相手が望む回答をしないと、こちらがまるで悪いみたいにされて、会話は途切れた。こういう人ってセックスの相手をちゃんと見つけることはできるのだろうか。もしTinderで、いやTinderでなくても、セックスの相手を探したい場合には、まず第一に会話を成立させて、信頼関係を構築することがいちばんだと思う。セックスは最大限のコミュニケーションであるから、話が通じない人に自分の身を委ねることはない。男性と一対一になったら、女であるわたしはどうやったって勝つことはできない。だから、自分にいやなことはしないだろうという安心があるかどうかが、かなり重要なチェック項目になると思う。それにまともに会話もできないような人間が、相手に快楽を与えることはできないと思う。セックス、なめんな。
ヤリモクがトークから消えて、またゴキブリが活動しだした。どうやらこいつは部屋の中を一周してきたみたいだった。また一周をはじめだそうとしたとき、ひとつのゴキブリホイホイのなかに収まっていった。勝利の瞬間だった。これでようやく寝れる、三時半すぎ。

八月三十一日㊌
日記を交換する友だちに誘われて飲みに出かける。「今日は八月三十一日だよ」というと、え！　と驚いて、そのあと、いいこと聞いた、よかったといってた。残り数時間となった八月を締めくくるべく、我々は居酒屋に向かう。道中、大学生のころの夏の思い出の話について聞かれた。もしいまからもう一度大学生の夏をやれるとしたらなにをするだろう。なにもしないかもしれない自分がおそろしい。
豪勢な刺身の盛り合わせをつつく。瓶ビールは二本空いていたし、それ以上に酒を飲んだ。東京ディズニーシーでいちばん好きなアトラクションは夜のヴェネツィアン・ゴンドラ。ミッキーのビッグバンドビートは生演奏ではなくなったらしい。かなしい。恋の話もしていたら、気がつけば最後の客になっていた。そのまま追い出され、そのままふらふらと友だちの家にいく。ふたつで一五〇円の桃をひとつ渡して、二人でかじりついた。桃はくだもののなかでいちばんエロい。

テレビで東京事変のＭＶを流す。いちばん好きなＭＶなに？　って聞かれて、なにも思いつかない。なんて答えたっけ。あまりＭＶを見た記憶がない。しばらく、くるりが最高とか、シャムキャッツの夏目くんはずるいみたいな話して、ＭＶを見ていたら一時半をすぎていた。友だちの家を出た。なにも考えずに出てきてしまったけど、ここは土地勘がない場所。よくいくところのその先のエリア。まあ歩いてきたなら、歩いて帰れるだろう。住宅街を右往左往する。深夜徘徊は好き。見覚えのない景色をいくつも曲がる。スマホの電池は切れていて、マップを確認することはできない。しばらく勘に頼って歩く。道端に地図があったので確認すると、どうやら勘はまったくもって外れているみたいだった。こんなこともある。遠回りになるけれど、確実な道を選んでもう一度進む。途中、何台ものタクシーの誘惑。このまま知らない道を歩いていたい。でもタクシーからの景色も見たい。そしてはやく寝たい。次、タクシーを見つけたら乗ろうと決めて、歩く。だけどそこからタクシーに出会うことはなかった。こんなこともある。

ずんずん歩いて、知らないコンビニを曲がると、いつもの散歩コースの果てまでたどり着いた。馴染みのある場所。いつもより薄暗くなった通りを渡り、飲み屋街までくると、いくつかポツポツと飲み屋が空いている。酔っ払い、ウザがられるナンパ、仕事終わりのボーイ、ただ道に座る人。終電をなくした街はカオス。「これから飲みませんか？」と話しかけられる。「芸人ですか？」と聞くと、え、ちがいますよといわれたので、飲みませんと答えて、まっすぐ家に向かった。芸人でもいっしょに飲まない。真夜中に話しかけられるのはこわい。

九月一日㊍

仕事がはやく終われば、今日オープンの蟹ブックスにいこうと思っていた。オープン日ということもあって、賑わっていた。なんとなく女性が多いのかと思っていたけど、男性が多かった。高円寺をもうすでに通過していったような人たちに見えた。小さな店内に、人文、ビジネス、エッセイ、文芸、詩、フェミニズム、食、アート、デザイン、マンガがきゅーっと収められている。選書が絶妙で読みたい本も読みたいと思わせてくれる本もあって、店内すべてを一周できる広さが本との出会いの場として最高の場所だった。ふらりと、イベントにもいけちゃうし、うれしい。買ってないけどほしい本の類いはいくらでもあった。どれかひとつを記念に買おうかと思ったけど、ひとまず興奮だけを持ち帰って今日は帰ることにした。どうせまた買いにくるだろうし。
でもすばらしい本屋ができても、わたしの文禄堂高円寺店への愛は変わらない。愛はその矛先が増えても、愛し続けることができる。だって、文禄堂は遅くまで開いているから。今日は眠れないだろうという日に、歩いていると、北口広場の横を通って、いつだって文禄堂にたどり着く。寝る前に、文禄堂の明かりは明るすぎるけど、ぐるぐる何度も店内をめぐって、ただただ時間を過ごす。なにか答えらしいインスピレーションがわいたりしない。ここにあるいくつもの本を読みたいと思うことができる。抱きしめたくなるような高揚感をいっぱい持って、店の外に出る。そうして家に戻ると、ぐっすり眠れる気がするのだ。だから文禄堂の閉店時間が早まってしまったら、わたしの愛も半減してしまう。

九月二日㊎
『ツイン・ピークス』を見ながら、爪を秋色に染めて。あたらしく買ったボディクレイで体を泥だらけにして、あたらしく買ったボディクリームを体に塗り込んだ。

九月三日㊏

セフレから「焼き鳥食べない？」とＬＩＮＥ。ちょうど夕飯どうしようかと思っていたところ。ちょうどいい。彼のマンション前で本を読んで待っていると、「本なんか読んで待ってないでよ、あやしいよ」といわれる。あやしくないよ、あやしいよの応戦をしながら、焼き鳥屋に向かう。洒落気のないカウンターに並んで座る。今日はフレンドらしい会話をした。こちらのセフレは先日の体の相性がいいほうではないセフレ。いままでお互いの価値観のはなしをまったくしてこなかった。どんな仕事をしているのかも話したことがない。食べものの話と、テレビの話と、あとは相手の話をただひたすらに聞いてただけだった。だけど最近になってお互いの恋愛の話をするようになった。恋愛感情ないのかとすら思ってた。このセフレはいままでに見たことないほど淡白なのに性欲だけはある。かといって抜けばいいみたいな自分勝手なセックスをするわけではなく、こちらが望んだことには応じてくれる。

恋の進捗を尋ねられて、そろそろだめかも、てか好きかわかんないと答える。そちらはどんな女性がタイプなのかと聞けば、センスがよくて、頭がよくて、仕事もバリバリしてるような二十代の女性に、ぞっこんに好かれたいといっていた。二十代前半の女の子みたいだなって思った。そのような女性はたいがい同じような人を選ぶ。『モテキ』

のみゆき(長澤まさみ)の「わたしあなたじゃ成長できない」である。それがパートナー選びの主軸ではないと、たいがい二十代後半から三十代前半にかけて気づきはじめる。そういう女の人も、あなたと同世代の三十代前半か年上ならぜんぜんいるんじゃない？　というと、若い女の子の好奇心でいろいろ教えてもらいたいんだ、といってて、ダッセって思った。そりゃ彼女いないわ。ただわたしも正直同じようなことを思っていたからわかる。でも刺激をパートナーに求めるな、自分でちゃんと探さないとだめ。でもダッセとはいわず、年下の女の子があなたに惚れるメリットってなによ？　と聞くと、ただありのままのおれを好きになってほしいんだよ〜っていってたのでうけた。めんどうなのでがんばれって答えて焼き鳥とビールをすすめる。

人間の感情がないサイボーグだし、議論するうえで手応えがある相手ではないかもしれないけど、やさしいし、変なところがおもしろいし、料理うまいし、家事が好きだし、話は聞いてくれるから、そこまで自分のタイプがはっきりしてるならそういう相手があらわれるのかもしれないな〜と思ったりする。わたしもたった一人そういう人がいればいい。恋人がほしいというよりも、お互いをパートナーと認めあえる人に出会いたい。その人との関係性の維持に努力したい。片思いのドーパミンに勝るものはないけれど、オキシトシンがいい加減ほしい。淡白なセックスをした。もうたのしくもない。

しばらくはもうこの人としないだろうな。

九月五日㈪

七尾旅人の『911FANTASIA』が聴きたくて散歩に出る。反戦歌。長い長い巻き物みたいなストーリーテーリング。音楽にできること、音楽にしかできないことがあること、音楽でこんなふうに向き合えることがあるんだ。でも聞きながらまったく違うことを考える。考えている。考えをめぐらせている時間、生きている気がする。取り戻した気がする。自分の考えがずっと自分のもとから離れていってしまっているような気がしていた。そのあいだは自分の輪郭を失って、ただの器になった。

九月六日㈫

鶯谷で待ち合わせなんて、あまりに露骨すぎるけど、もうすぐ着れなくなる麻地のコーラルピンクのワンピースを着た。ゴールドの揺れるイヤリングをあわせて。あっという間に夕日が沈んで、最後の薄いブルーが広がったとき、髪を束ねてシンプルなグレーのポロシャツを着たあなたがきた。さっぱりとした仕事着が似合っていた。手をつないだりすることなく、するりとボタンを押して、通された部屋のドアはいつも重い。めずらしくわたしからの呼び出しに応えたあなたは「いつでもおれを呼んで。おれの体使って」といった。それだけ聞ければ満足だった。ようやく平等な関係になれたと思った。搾取されるなんてごめんだ。とても不思議だと思うのが、彼とのセックスの余韻はとても心地よい。まどろみにずっと浸かっているみたいだ。目を瞑るだけで、あのゾーンにいける。心地のよい多幸感を感じる。身体感覚として、気持ちがいいのだ。赤ちゃんのおくるみってあるけど、ああいうものに近いと思う。漠然と、膜に守られている感覚。この膜から抜け出したくない。この中にずっといたい。こんなの初めて、なのだ。恋したときのドーパミン的しあわせじゃなくて、ゆったりとしたなにか。でもこれは恋じゃない。なんかもう、恋なんかいらないって思ってしまうほどに。

九月七日㊌

午後休みにして、美容院にいった。美容院の明るい店内で見ると、メイクと服装がちぐはぐで恥ずかしい。しっくりきていたメイクができなくなった。でもかわいい髪色になってよかった。まっすぐ家に帰るのはもったいなくて、映画でも観ようと思ったけど、そこまで観たい映画がない。映画がないのか、その気持ちがないのか。雨だし。高円寺で降りて、ぽえむで多和田葉子の『百年の散歩』を読む。だれかの脳内の妄想をインストールして、生活しているような気分になれる文章。変態的で好き。

昨日の日記と今日の日記を書く。昨日の日記を書きながら、人に見られる日記にはなにをどこまで書いていいかわからないな、と考えていた。だれかのために書いてはいないので、好きなように書けばいいのだけど、その線引きは自分で決めていても、揺れている。日記にこれを残しておきたいと思うのは、自分のためなのだけど、このように残しておきたいというのは他人の目が前提となっているように思う。

溶けた氷が水になって、それも飲み干したので、店を出た。あたらしく買ったブーツで靴ずれした。サンダルの靴ずれが治ったばかりだというのに。

九月八日㊍

荒れ放題だったキッチンを掃除して、袋いっぱいに買ってきた野菜で、レタスのオイスター炒めときのこの黒酢炒めをつくる。ウー・ウェンさんのレシピ。安かった豚肉でしょうが焼きもつくった。しっかりつくって食べたのに、物足りなくて、少し遠くのマックでポテナゲを買う。近くの公園で、地べたに座る男女を見ながら、イヤホンをして、ポテトをむしゃむしゃ食べた。体に悪いってわかってるけど、とても満たされた気持ちになったから、これでよかったんだと思う。

九月九日㊎

吉増剛造の『黄金詩篇』を携えて、喫茶店に向かう。アイスティーとケーキを頼む。ここのところ、人生のなかでもアイスティーをいちばんおいしく感じる季節にいる。隣にカップルがやってきた。清潔感はあるけど、鼻につく香水の匂いがした。整っているけれど、むかつく男の顔をしていた。その男がどうやら子どもの話をしている。いずれ子どもはほしい。でもおれ休みとか想像できないし。てかさ、ばあちゃんも孫の顔見たいっていってるんだよね。と口をぱくぱく動かした。このあともろくな会話が聞こえてこない。こういう男と日常的に会話する機会がなくてよかったと心から思う。イライラして視線を向けたら向こうが視線に気づいた。おまえのことなんて見たくて見てねえよ。こういう男性を見かけるたびに、心の中でキレ散らかしてしまう。たぶん実際に会話したら、表情に出てしまうだろうし、マッチングアプリでこういう人に会って、キレて帰ったこともある。一秒でも同じ空気を吸っていたくないと思う。

ブライアン・イーノの『Apollo: Atmospheres & Soundtracks』をイヤホンから爆音で流して、外の音をシャットダウンする。本に目線を落とす。没入。言葉。目に入る言葉がリズムを打つ。これは叫び。でも、これを聴いていると、なにを読んでいたって、よく思えそうだし、なにを読んでいたって、頭に入らない。時間の経過。ああ、隣の男の描写さえなければよかったのに。

九月十日㊏

休日の朝は朝をとても朝らしく感じて、日の光の気持ちよさだけを感じながら起きることができる。なんのために生きてるんだっけ。休日しか生きていないんだっけ。朝七時もまわっていない街で、自転車をこいでマックに向かう。今日の朝マックはホットケーキセットにした。床にホットケーキを広げて、地べたに座って、一枚一枚にバターとシロップをかけて、ていねいにピザ切りをして食べる。コロナ療養中に朝マックが食べたすぎたけど、手数料がパンケーキセットと同じくらいしてやめた。自分ウーバーイーツして食べる。

そこからSTANDARD BOOKSの吉阪隆正を読む。建築家という仕事には常にジレンマがつきものだ。美という言葉が何度も出てくることに好感が持てる。半分ほど読み終えて、十時前になったので、家事をこなす。お昼を食べて、どこかにいこうと考えていたところで、頭痛がはじまる。最近はずっと頭痛がひどい。たぶん、コロナの後遺症なのだけど、諦めて日が暮れるまでずっと寝た。

九月十一日㊐

「WIND PARADE」というライブにいく。折坂悠太、くるり、カネコアヤノ、フィッシュマンズってそんな面子で同じステージに立つことなんてあるんだと思った。意気揚々と友だち五人で、秩父の地まできた。東京から三時間。朝はとてもとても早起きをして、ここまでくるにはいろいろあった。だれかがチケット忘れるとか、わたしが特急が満席で乗れないとか、着いたら着いたらで、舞い戻ってきた暑さで、駅前でグダグダしちゃって折坂悠太のオープニング聞き逃すとかいろいろあった。それでもなんとか見れた折坂くんはからりとしていて、とてもよかった。くるりは安定のくるりだし、最高のラインナップで、聞きすぎちゃって、慣れちゃって、もうくるりとかさ、みたいな気持ちゼロだといったら嘘だけど、一瞬でそんなの吹き去るように、やっぱりくるりはよかった。

つぎのカネコアヤノまでに、なんとかビールを確保したくて、少し休んですぐに外の屋台に買いにいく。どの店も大行列だから友だちと協力しながら、ビール一杯のために必死になる。無事にビールを確保して、ぶらぶらしていると、好きな人を見つけた。彼が今日ここにくることは知っていた。だけどこの大勢の人じゃ会えないだろうと思ってた。手を振っても気づいてもらえなくて「ひさしぶり」と声をかける。帽子を被った彼は「カネコアヤノ、朝になって夢からさめてやるんだね」といった。彼のあとを追うように少し話して「あとでまた乾杯しようね」といわれて別れた。

涼しくなりはじめて、夕方を感じるころに聴く、カネコアヤノは心に沁みる。「わたしたちへ」のときに折坂くんがガン踊りしているのが見えた。すっかり日も暮れて、フィッシュマンズ。夜。ブルーとレッドの光がちかちかと交互に光る。音が止まるたびに虫の音が聞こえる。いっしょにきた友だちが興味なさげに座っていて、切り上げて途中で帰っていった。わたしはフィッシュマンズ好きだから残るよと二人だけで残った。「いかれたBaby」の冒頭が流れたときにはうるっときた。「ナイトクルージング」で折坂くんと、岸田さんと、カネコアヤノが出てきた大団円は美しすぎて、泣いていた。

帰りの電車、秩父から東京までの長すぎる道のりを恨みながら、ペトロールズのライブにいくことを約束する。この子と二人で遊んだことないかも。好きな人から「乾杯できなかったね、また」とLINEがくる。あの混雑じゃ連絡取りあったりしない限り会うのは無理でしょと思って、無視した。それに今日好きな人と別れたあと、一度解除されたTinderが再びマッチして、カネコアヤノ終わりに「カネコアヤノ最高だったね」というメッセージがきていた。閉演後、アプリを開くとマッチが解除されていた。友だちに「こいつなに考えているのかまじわからん」「まじなぞ」といいあって笑う。

9/11㊐

WIND PARADEへ。あんなに踊りが嫌いだった自分をよくもこんなに踊らせてくれたね、という感想。行きのシャトルバスが長い橋を渡って会場に入るとき、この橋の先には違う季節がありそうだとなんとなく思ったがまさにそうだった。気象学では説明のつかない夏がステージの半径100m以内だけに存在していた。

途中、日記ちゃんに遭遇した。行きの電車でたまたま会ったリスナーに、日記ちゃんとのその後を聞かれたばかりなので驚いた。いると思わなかったと言ったら「行くって言ったじゃん」と言われてしまった。日記を送っていないこと、黙ってTinderを消したこと、何も話せなかった。嫌われるような行動を取っている僕が言えることではないが、ズタズタになった関係の傷口に思い出の面影が見えてしまうことが辛かった。でも自分が取った行動が間違いだったと思えないこともまた辛い。酒を買って、タバコを吸いながらTinderをスワイプしていたら一度NOPEにしたはずの日記ちゃんがいた。こんがらがった感情でメッセージを送ったがキモいなと思って消した。消すのはもっとキモいと思った。

九月十二日㊊

体のあちこちの痛みで目が覚める。眠さが勝ってまた眠る。何度かこれを繰り返して起きる。ベッドを手放して、客用の薄い布団一枚で寝ているけど、そろそろ限界だと思って、一ヶ月がすぎた。限界っていつくるんだろうか。ようやく布団から這い上がるけど、全身が痛い。ライブ後の後遺症。

有給をとっていたので、午後すぎ、武蔵美でやっている『みんなの椅子』という展示に向かう。武蔵美は日本有数の椅子のコレクションがあって、それをまとめてみることができる展示だった。国分寺から武蔵美行きのバスに乗るとき、学生です、みたいな顔をしてみる。会場についてみると、名作椅子のオンパレードだった。資料でしかみたことない椅子に座る機会にありつけると思っていなくて興奮した。こうなるともう一人椅子当てクイズ大会である。一人でにまにましながら椅子に座っていても、同じような種族の人しかいないので、まったく問題ないのがすばらしい。家に置くなら、手仕事的な北欧系の椅子が魅力的だと思うけど、単体で好きなのは彩色豊かで有機的なミッドセンチュリーだ。好きなもの集めておいたら、調和がなくなるので、家に部屋をいくつも設けて、いくつかのテイストでインテリアを愛でたい。なのでバカデカい家が必要だ。その家の導線をどうするのかがむずかしい。

さまざまな椅子を見たあとでも、倉俣史朗の椅子は飛び抜けて美しい。特に目立つわけでもないけど、異様な存在感があるなと思った「静岡ファニコンの椅子」。木材でできた黒い正方形の座面に、細いスチールパイプが背もたれとして刺さっている。木材の太い脚の無骨さと、背もたれのスチールの華奢さのコントラストが美しかった。あと何度見ても息を呑む「ミスブランチ」。透明なガラスの中に、薔薇の造花が浮遊している。薔薇の影が床に落ちている。事実丁重に扱われているのだが、そもそもこの椅子には近づきすぎてはいけない儚さがある。いまにも消えてなくなってしまいそうな椅子。という椅子に対する感想として、抱き得ない感想を抱いてしまう。倉俣史朗のデザインに対しては、夢想的とか、詩情的とか、そういう表現が使われるけど、そうとしかいえないようなこの世のものざる凄みがある。

同時開催していた原弘の展示。日本のグラフィックデザイン黎明期に活躍したデザイナー。戦中にプロパガンダ誌として創刊された、木村伊兵衛とタッグを組んだ『FRONT』も展示されていて、これはかなり興奮した。存在は知っていたけど、実物を見るのは初めてだった。プロパガンダ誌なので、当然戦争を煽動するような内容で、興奮というのは適切ではないのかもしれないけど、エディトリアルのデザインとしてカッコよすぎる。このデザインの潔さは七十〜八十年代の広告黄金期のポスターデザインに続いているのかもしれない。まんまいまの無印の広告としか思えないような構図もある。

興奮した気持ちで再びバスに乗り、うつらうつらしながら、日没を感じる。今日はもう有給だし、家で食事なんかつくるのはやめて、どこかで飲んでいこう。国分寺から中央線に乗り、高円寺で降りる。駅前の大将に入って、ビール大瓶とおまかせ串三本とマカロニサラダを頼んだ。

九月十六日㊎

日記を書くことをサボってしまっていたので、日々の記憶があまりないし、そもそもあまり書くようなことがなかった。道端で男の子が泣きながら、電話をしていたのはいつのことだったか。生きていれば泣きながら電話をすることだってある。泣きながら縋りつきたい朝だったたか、夜だったたか。

歩いて近所と呼ぶには少し距離のある中華屋に向かう。最近は不摂生が続いてるし、生活はめちゃくちゃだ。ちゃんとしたほうがいいのはわかっている。ちゃんとしないのは自分を甘やかしているのか、自分をネグレクトしているのか、わからなくなる。

チャーハンを頼む気満々で中華屋に入ったのに、中華焼きそばを頼んでいた。あとからきた人のきくらげ炒めが先に提供されているのを見て、時間がかかるメニューだからね、と店主がわたしにいう。これでも飲んで待ってなといって、スープを出した。美味い。スープを啜りながら待っていると、会計を済ませた客が戻ってきた。そこに人が倒れているという。店の人が様子を見にいく。救急車がそこにきてるから大丈夫だろうといって戻ってきた。なのでわたしの中華焼きそばは無事に提供された。焦げついた麺をばりばりいわせながら咀嚼する。餡には野菜がたくさん入っていたので、ここ最近の不摂生をチャラにしてくれないだろうか。食べ終えて店を出ると、救急車が止まっている。

涙をしていた青年には心を痛めたけれど、救急車の中にいるであろうだれかには気持ちを動かされることはない。見えないものはないものになる。薄情でもなんでもない、けどさ。

九月十七日㈯

ひととおりの家事をしてオープンの十二時にあわせて蟹ブックスに向かう。十二時すぎたばかりだったけど、もうすでに何人か先客がいる。店をぐるりとまわるけど、me and you の『わたしとあなた 小さな光のための対話集』を買いにきたので、それだけ持ってレジに向かう。こういうリトルプレスも扱ってくれるような本屋が近所にあるのはありがたい。花田さんがレジで「SNSかなにかで見てきてくださったんですか?」と声をかけてくれて、しばし談笑。『であすす』の連載から好きで読んでいたので、内心どきどきしているのがばれないようにしていた。いつか、こうして日記をTinderで送っているのもであすすみたいだといわれたことがあるけれど、かなりうれしかった。「近所なのでまたきます」といって店を出た。

トリアノンでケーキでも食べようかと思ったら満席で、ぽえむに向かう。休日のぽえむは混んでいるから本を読むには申し訳なさがある。というか休日の高円寺の喫茶店はどこも本を読むのに向かない。ぽえむでアイスコーヒーとキャラメルクリームのフルーツサンドを頼む。キャラメルクリームのほんの少しの香ばしさとフルーツがあっていて、好き。今日のフルーツはいちじくがメインだった。

本を読みすすめて、ふと座席におくと、窓から差す虹色の光が本に落ちている。まさに「小さな光」だった。あらゆる生きていくうえでの複雑さを、まずはわたしとあなたという視点から会話をはじめるというme and youのコンセプトが好きだ。一人一人が尊重されうる個人であることを表す言葉として「わたしとあなた」という普遍的な言葉に詩性を持たせている。この世界観が大好きだけど、いまいちのれないというか、わたしはこの世界観のなかでは下品すぎるという自覚があり、これはどうしたらいいのだろうと人に話したことがある。そういう人だっていて当然だというようなことをいわれて安心した。そうでない人を否定しているわけでもないし、上品なフェミニストとか下品なフェミニストとかいってしまえばそれはまた分断であるし、そういうことではなく、それぞれの個人が尊重されうる環境を想像したい。

九月十八日㊐

朝起きると、生理がきていた。また婦人科にピルをもらいにいくのを忘れた。だからひさしぶりの生理だ。普段は生理がほぼない人として生活しているので、生理がある人になるのは戸惑いがある。

台風がくるので東京都現代美術館にいくことにした。雨の中の外出と人混みの美術館なら前者を取る。人混みの美術館はきらいだ。だけど事前予約はもっときらいだ。ずっとたのしみにしていた、ジャン・プルーヴェの展示にいく。展示内にジャン・プルーヴェのインタビュー映像があって、デザイナーと職人、デザインと工場が近い関係にあったから、うまく回っていたのに、大きな資本が入り、大企業になると、大きな利益を出す必要に迫られ、関係が崩れてしまったと語られていた。必要な量を必要な分だけつくるのが結局いちばんいいはずなのに。

同時開催の気鋭の現代作家を集めた展示『私の正しさはだれかの悲しみあるいは憎しみ』の高川和也さんの作品を何人かに薦められていた。その作品は高川さんの昔の日記を、ラッパーのFUNIさんと共に、ラップにしていくという試みをドキュメンタリーにしたものだった。FUNIさんは在日韓国人と韓国人のあいだに生まれ、日本で生まれ育ったのにそのせいでどこか隔たりを感じていて、そのことにはいってはいけないことだと思っていたという。だけど、教会に通う同胞の不良たちからラップを勧められ、彼らのラップを聞いたときに、自分が思っていることは言葉にしていいんだと思えて、そこから自分の表現としてラップをはじめたそうだ。そこからドキュメンタリー内では、ラップづくりや日記を読みあうワークショップが取り上げられる。その中で自分が認識している事柄を置き換えることで詩になるんだと、言語学者の方がいっていて、そうか、そうだったんだと腑に落ちた。直接すぎない、遠すぎない、事柄との距離が詩になる。自分の気持ちをそのまま吐き出してもなにかが違う。言葉で事柄を昇華することは、その距離を置き換えていくことだ。書きたいけど書けないことがあって、それはわざわざ人にいうことでもない、と高川さんのラップにあったのだけど、わざわざ人にいうことでもないことを違うかたちで昇華することができたら、自分の内なる気持ちを外側に出すことができて、その出すという行為には感情を浄化させていく効果があるのだと思う。高川さんのラップの中に「言葉にできるのは書き言葉にしやすいことだけ」という一節があった。言葉にしやすいことしか結局認識できていない、だが言葉にできることがすべてではない。ラップの中で語られる「青姦がしたい、欲望したい」という欲望。欲望するのが生きることだというようなことをいっていた気がするけれど、欲望したいという切実さ。欲望していないと、自分を失ってしまうような感覚がたしかにあるかもしれないと思った。

九月十九日㊊　敬老の日

ひさしぶりの生理は不思議な感覚がする。明らかな下腹部の違和感を抱えながら生活していると、なんでこんなことにならなくちゃいけないんだと信じられない気持ちになる。ただ、この現象は排出でもあり、それにはデトックス的な作用もあるのかもしれない。不愉快なものでしかないのはたしかにそうだけど、すっきりとした気持ちもある。ただ不愉快さが勝るので、それはわずかなものでしかないけれど。

台風が近づいている。どしゃぶりと小雨を繰り返している。図書館にいって、三島由紀夫の『美しい星』を借りた。小川公代さんの『ケアの倫理とエンパワメント』のなかで取り上げられていて、それは同性愛者的な傾向があった三島由紀夫が書いた『美しい星』をケアの視点から読み解いていくというものだった。『美しい星』は宇宙人として目覚めた、飯能に住む一家の話なのだが、序盤にある一家が星を見にいくシーンの夜空の記述に圧倒された。三島由紀夫は高校生のころに『金閣寺』と『春の雪』を読んだきりだったけど、硬質的で華美で澱みなく繊細な表現にうっとりした。すげー、と声が漏れる。娘暁子の生理という言葉を使わずに、生理の忌々しさを表現した文章も凄みがある。凄みがあるとか、稚拙な表現しかできない。

読書の合間に、雨も止んでいたので、ドンドンタウンオンウェンズデイに古着を見にいく。最近お金を使いすぎているけど、羽織ものの長袖が欲しかった。台風がきていようが、お洒落ボーイアンドガールには関係なく、店内にはそれなりに人がいる。刺繍のされた黒いチャイナ服っぽいシャツを買う。かわいくて満足。この夏古着を大量に購入したおかげで、古着の解像度が上がってきたような気がする。

Netflixで『リベンジ・スワップ』を観る。性格がいい主人公が多い中で、テーマが復讐であるから、性格の悪さを認めているような気がして、それがめずらしいと思った。人はそんなに性格よくないし、そんな品行方正には生きられないけど、たのしく生きられるのかもしれない。友だちになれるかどうかは、性格がいいか悪いかという軸ではなく、お互いを認めあうことができるかどうかってことなんだ。

九月二十日㊋

東京に向かう台風はいつも騒ぐほど荒れはしないので、肩透かし感を感じてしまうのだけど、嵐などなければないほうがいい。いや畑や田んぼにとっては台風も必要な要素のひとつなのかもしれないけど。とにかく台風は温帯低気圧にかわり、朝方の猛風が嘘みたいに、ただの雨模様の日だった。

退勤後、婦人科にいく。またピルを一ヶ月飛ばしてしまいましたと先生に告げる。尖圭コンジローマはどうなった？　と聞かれたので、完治したけれど、子宮頸がんの検査でなんか引っかかりましたと報告した。わたしもよくわかっていないのだけど、発がんの可能性は低いがゼロではない状態であるらしい。数年、一応経過観察してくださいといわれましたというと、今度検査結果もらってきてくださいね、といわれて病室を出た。子宮頸がんの原因は、ウイルスによるもので、おそらくウイルスがいたということではないかといっていた。わたしは子宮頸がんのワクチンを打っていない。ちょうど高校生のとき、その機会があったのだけど、副作用の問題が話題になっていたので打たなかった。推奨されていない期間にワクチンを打たなかった世代はいま無料で受けられるのだけど、わたしはその範囲からは外れている。自費で打つと八万円ほどするので打つ予定はない。ＨＰＶワクチン女も男もタダで打てる日がはやくきてほしい。

生ではできないよ、と今度会ったときにちゃんと説明しないと。発症リスクが低くない状態であること。不特定に関係を持つ人とはなるべくセーフティーでありたいこと。もちろん理解してほしいし、それ以上に一人でも多くの男性がわかっていたほうがいいだろうと思っている。相手がどのくらいの人と関係を持っているのか知らないけれど、これからもフリーにやっていくなら、それくらいのことを頭にいれておいてほしい。彼ならわかってくれるのではないかとも思っている。女性にはわりと寄り添うような発言をしているから、わかってほしい。わかってくれなかったらもう会わないかも。男前なのに。

九月二十二日㊍

秋晴れはこんなに気持ちよく美しいものだったか。季節の移り変わりはいつだって美しく、都会のなかで、わずかな草木としか触れあわない生活にも、平等に季節の移り変わりは訪れる。日記をはじめて、季節に敏感になった。「あいかわらず季節に敏感でいたい」ね。いままで目を向けられなかった美しさ、目を向けていてもその場を通りすぎてしまっていた美しさがある。自分がその瞬間になにを考えていたのかという記録はいつかの自分を救うと思う。自分が日々のなかでなにを感知していたか、そのこと自体が生きることの価値である。

夜、日記を送っている人に会う。わたしが日記を書きはじめたときから、おもしろいといってくれていた人だ。わたしが日記本をつくったり、日記祭に出ようと思うのも、この人がめちゃくちゃほめてくれたというのも大きい。表参道で待ち合わせていると、自転車でさらりと登場。シティボーイというか、都会的な洗練されたかおりを感じる人だ。そばをすすりながら近況報告をした。最近沖縄にいき、気持ちが沖縄になっているという彼。聞いたことはあれど、考えたことがない社会の問題があって、無意識でいれば他人を傷つけたり、搾取する側になることすらある。少しでも世の中はよくなったほうがいい、社会的な立場からも個人的な立場からもなにかやれることがあると信じているような人なんだろうと思う。「最近はどうですか?」と聞かれて、そこからは日記本制作についての相談ばかりを聞いてもらった。どこから手をつけたらいいかわからず、えいや！ とつくってしまおうかとすら思っていたので、とてもありがたかった。作業の目処がつくと、どこを目指して、自分がやるべきか考えていくべきかがわかる。わかることとやれることは別なので、やっていかねば。

九月二十三日㊎ 秋分の日

ベーコンとチーズのホットサンドをフライパンでつくって、コーヒーを淹れる。理想的な朝食を食べて、さっそく日記本の作業に取りかかる。この量の文章を扱ったことがないので、作業にどれくらいの時間がかかるのかもわからない。メモアプリに溜められた毎日の日記をひとつのドキュメントにまとめていく。どこまで手を加えるかが問題になるけれど、それなりに手を加えることになると思う。自分にとって不利益なことを足すこともある。冊数には限りがあるし、だれもかれもが読むわけでもないので、書きたいことをちゃんと書いておきたい。

いつものようにふらりと古着屋にいき、秋物のかわいいコートを見つけてしまう。made in Germany。品のあるコート。試着していると、高円寺でおすすめのお店ありますか？ と店員さんに聞かれて、おねえさんおすすめが上手ですね、なんて乗せられて話しているうちに気づけば三十分ほど経っていた。ひとまず考えますねといって店を出た。店を出たのはいいものの後ろ髪引かれまくっている。とりあえず蟹ブックスに向かって、心を落ち着ける。気になっていた『遠い指先が触れて』を買う。さてどうしよかと歩いていたけど、いやもうここはえいやあと買ってしまえと思い、店に戻ると店員さんにめちゃくちゃびっくりされた。こんなにはやく戻ってきてくれるとは思いませんでした、といっていた。無事にコートを買って、またきてくださいねといわれて店を出る。

家で「真空ジェシカのラジオ父ちゃん」のイベント「真空ジェシカのお茶の間ーちゃん」配信チケットを買うかどうか悩んだ挙句に、東京国立近代美術館の『ゲルハルト・リヒター展』にいくことにした。雨だし閉館二時間前だから空いているかなと思ったけれど、やっぱり混雑していた。アブストラクト・ペインティングというキャンバスに絵の具を塗り、それを引っ掻き、意図しないイメージをつくるという手法で描かれた抽象画が彼の代名詞であった。抽象画を見るときには、そのキャンバスのなかに自分が取り込まれたようにイメージすることがある。色彩とその重なりと浮遊するイメージの世界。今回のメインの作品はアウシュビッツ＝ビルケナウ強制収容所をモチーフとした「ビルケナウ」という作品だった。写真に撮ろうと思い、絵にスマホを向けたとき、体にゾワっとした感覚が走った。気持ち悪かった。

お茶の間ーちゃんの配信を見ていると、日記を交換している友だちから連絡があった。近所で気軽に飲めるのはありがたいよね、と思いながら準備して、中野に向かう。飲み会帰りだという彼と適当な店に入る。彼も同じように日記を送る目的でTinderをやっている。男性が交換相手を見つけるのはなかなかむずかしいらしい。

九月二十四日㊏

友だちと友だちの職場の人たちで盆踊り大会にいく。それはけっこう大きな盆踊り大会で、それなりに大きな会場でたくさんの人が輪になって踊っている。都内の盆踊り大会だけど、どれも踊ったこともないどころか、曲さえ聞いたことがなかった。えいと輪の中に入り込み、前後左右を見ながら、見よう見まねで振りをする。最初は踊りのはじめも終わりもわからないのだが、だんだんと繰り返しを掴めるようになり、慣れてくると曲に身を任せて、なんとなく踊れるようになる。盆踊り特有の同じ振りを何度も繰り返していると、ゾーンに入って踊りハイになる。一瞬のトランス状態。気持ちがいい。小さいころに盆踊りを踊っていたときには感じたことはなかったけれど、大人になってからこうしてときどき踊ると、ハイを感じる。型にはまる開放がある。ただひたすらに音に自分の体を合わせることだけに集中した。雨の湿度でサウナのような熱気が体を纏う。それさえも心地よく思えるほどに、踊りに酩酊していた。汗でびしょ濡れになった体が、どしゃ降りになった雨でさらに濡れた。銭湯にいって、踊りの解放を回想した。

九月二十五日㊐

日記本の作業を進める。作業をはじめて一時間きっかりで飽きがくるので、そのタイミングでいったん作業はストップ。先日購入して途中のままになっていた「真空ジェシカのお茶の間ーちゃん」を観る。動く川北さんがたくさん見れてうれしい。川北さんは自由にボケているように見えて、まわりを見つつボケている様子が垣間見える。ほかの人がボケているときにたのしそうに笑う川北さんが好き。完全に愛おしさを持った視線で川北さんを見ている。芸人に対する態度ではないことは認める。ちなみにガクさんもちゃんと芸人として好き。

日記本の作業と家の掃除やだらだらを繰り返す。夜、恵比寿に向かい、日記を交換して出会った人に会う。日記本の作業をしていて、前の日記を読んでいて、ひさしぶりに会いたくなった。日記本について相談すると、みごとにまったく全員から違う答えが返ってくる。ありがたさと申し訳なさを感じながら、そのほとんどを無視している。そうでないとひとつの道筋にならないから。採用できるのは自分がそうだと思えることだけだ。そのような考えは甘いとか、それでは売れないとかいわれるとさすがに傷つくなと思った。でもわたしもなにか人にアドバイスするとき、こちらの熱がこもってしまい、極端なことをいってしまうことがある。帰ってきて、日記祭に関する内沼さんのインタビューを読み返す。もっと知らないだれかに読まれたい。このおかしみのあった半年間を記録したい。

九月二十八日㊌
鶯谷駅に降りたち、あたりを見回していると、突然おなかを触られる。びっくりして顔を見るとにやにやした目と視線があう。「ぜんぜん気づかなかったね」「だって前からくるとは思わなかった」「油断したね」。彼がシャワーを浴びるあいだ、読みかけの『美しい星』を読む。シャワーから上がるとわたしの横に寝そべって「いま三島由紀夫とか読んでんだ、いいね。おれも学生のころ読んでた」と、わたしの手から本を奪った。汗ばむ彼に身を寄せて、こないだ初めて子宮頸がん検診に引っかかった話をする。彼はわたしの頭を撫でて、なにもないとしてもやっぱりこわいよね、ちゃんとゴムしてしょといった。説明しなくとも向こうからそういってくれて安心した。よかった。今日はこのまま眠ってしまいたいくらいだ。ほんの少しだけ眠るように身を預ける。彼と解散して、中華屋で半ラーメン半チャーハンを食べる。あっさりとしたやさしい味だった。

十月一日㊏

部屋のなかが光に包まれる。白く淡い空気に微睡みながら起きる瞬間がしあわせ。平日も休日も同じように光が差し込んでいるのにこの気持ちよさは感じられない。舞い上がる埃がきらきらしながら浮遊する。掴もうとすると、海の中の魚の大群につっこんだように、埃がわたしの体を避ける。

高校の友だちがひさしぶりに東京にくるので、高校のクラスメイトだった四人で集まる(わたしたちは東京の高校出身)。そのうちの一人が去年結婚式を挙げて、集まるのはそれから一年振りだった。本来は五人なのだけど一人はいまドイツに赴任している。

いつものようにサイゼリヤへ。もうアラサーだというのに、お洒落なバルとかにいかない。高校生のころからずっとサイゼリヤ。東京を離れている友だちは、三年ぶりだといい、その間サイトでメニューをよく調べてたという。サイゼリヤに対してストイックすぎる。最近のサイゼリヤのメニューのいれ替わりは目まぐるしいので、マウント取って、メニューをおすすめする。一人が遅れてるあいだ、三人で間違い探しに取り組む。九個まで見つかってあと一個が見つからない。このくだりをいままで何度もやってきた。デジャヴだ。ずっとやっていたい。

わたしたちが集まったのは「夏の告別式」のためだった。もうずっとこうして夏の終わりに集まって夏と告別する。電車を横目に住宅街を見下ろす丘の上の公園でやることが、わたしたちのしきたりとなっている。空気が澄んでいれば星もよく見えた。だけどそこはもうずっといけていない。わたしたちは高校近くの公園で妥協して、適当なテーブルを囲む。夏の告別式のテーマソング「若者のすべて」と「夏の終わり」を流す。もう夏が終わっていく。この二曲を聴きながら本来は線香花火をやらなければならないけれど、夏が終わった街では調達することができなかった。お酒を片手に「落ちそうだよ」といいながら、そこにはない見えない線香花火をみんなで見た。ドイツにいる友だちに電話をかける。すっかり髪が伸びた彼女はヨーグルトを食べている。しばらく話していると終電近くなってしまい、彼女に見守られながら、駅までダッシュをする。最後にＬＩＮＥ電話のちいさな画面で記念写真を撮る。今度はドイツにいこう。

十月二日㊐

日記を交換する人から「ネグラが開いてなかった」という日記をもらい、そういややってるのかなと調べたら、ちょうど営業日だった。高円寺のルック商店街までくると人だかり。大道芸のイベントを街中でやっている。たくさんの子どもたちがいて、高円寺にもこんなに子どもがいたのだと思った。普段から小学校の近くは通るから出会う機会はあれど、商店街ではあまり見ない気がする。ネグラから出ると、アコーディオンの音が爆音で響いている。青空の下ではとても気持ちがいい音だった。

上野の国立科学博物館で開催されている『WHO ARE WE 観察と発見の生物学』にいく。会場に着くと、親子連れでいっぱいだった。眠気と虚脱感がひどく、人をかき分けて見入る元気がない。仕方がないけれど、遠くからぐるりとまわって、すぐに出てきてしまった。観察と発見とあるように、収蔵されている剥製を再編集し、新たな視点を加えるという展示内容だった。観察の術を与え、剥製からおのおのが新たなことを発見する、そういう体験がコンセプトだ。観察と発見を繰り返すことで、見たことではなく、それは実感を伴う体験になる、そういうことがデザインされていて、すばらしかった。すぐに出てきちゃったけど。

家に帰って夕方だけど昼寝をする。夕食にヨーグルトとりんごを食べる。体の疲れを取るために小杉湯にいった。銭湯帰りにひんやりとした空気を浴びるのが好きだから、銭湯は春や秋が好き。年中いくけど。

十月四日㈫

木下龍也さんの「情熱大陸」を観た。木下さん越しに見る西荻の風景。それいゆのケーキが食べたい。木下さんが指折ってなにかを呟いている。この仕草は短歌を詠む人の特有ポーズ。情熱大陸は、番組のフォーマットとして、なにか掴めたようでなにも掴めない、答えがありそうでない、微妙な距離感がある。それらしい音楽（エンディングソング）が流れるとそれらしい気分にさせられる、そういう適当さがいいと思う。

短歌に興味があると前に日記に書いたことがある。あたりまえながら短歌を詠もうとして短歌のむずかしさを知る。スマホのメモのなかに短歌未満の言葉の羅列がつづく。これを少しでも整えて一首一首仕上げていくのが、筋肉をつける意味でも本来ならいいのだろうけれど、思いついた情景だけを放置している。なんかいまはここまでって感じ。これから仕上げるのかもしれないし、仕上げないのかもしれない。でも自分の感情をTwitterにつぶやくではなく、ひとおきする場所があるのは、とてもいいと思った。感情が自分のなかで抜けて流れていくのではなく、いつかかたちにできたなら、感情を昇華して、別のなにかとしてとらえなおすことができる広がりに興味がある。

十月五日㊌

好きな人、好きな人だった人に会った。この日記で繰り返し、好きな人と書いた人だった。彼のこと、もうあまり好きではなかった。もう同じように恋心を抱いていない。あなたを好きだと思うことに、もう満足した。あなたは、いやというほど好きでいることを許してくれたし、あなたがわたしを好きにならないことを痛いほど自覚した。そうしているうちに、好きでいる体力がいつのまにか尽きてしまっていた。だとしても、僕たちは友だちだろう。だから、好きな人、好きだった人とちゃんと友だちになるためにもう一度会った。この日記を書く上でいちばん重要であった、あなたに会いたいと思った。

高円寺で待ち合わせ。彼は「食欲がない」というけど、結局近くの居酒屋にいく。二人で乾杯して、お互いの近況とか、こないだの秩父のライブのこととか、途切れることなく、話し続けた。ふいに「日記の相談は？」と彼のほうから聞かれた。Tinderで日記を送ってきたことは、振り返ると彼との不思議な関係に集約されると思っている。だから、あなたとの出会いの記録としての日記本にさせてくれないかと頼んだ。彼は迷いもせずに「僕の日記は好きに使ってよ」といった。一応いわないといけないことだと思うけど、と前置きをして、もうあなたのことあまり好きではないよ、と話した。あなたに伝えた好きなところ、それはいまでも好きだと思う。でもそれは人間としてで、それが恋かといわれるといまはもうよくわからない、と。「もう嫌われたかと思った」と彼はいった。七月後半から彼から日記が届くことはなくなっていた。そして、ここ最近の彼の行動やＬＩＮＥは、わたしからすれば「わけわからん、きも」と思うような謎なもので、こちらも困ってさめた返事をしていた。それについて、わたしの好きだという気持ちには答えられないから、申し訳なくてそういう行動をとってしまっていた。だから日記の相談をしたいといわれたとき、うれしかった、といった。素直にいってくれてよかった、ようやく僕らのわだかまりもこうしてほどくことができた。「じゃあわたしたち友だちじゃん」と彼にいう。

彼にはいま実は好きな人がいて、そのせいで食欲がないとか、かわいいことをいい出すので、笑ってしまった。彼がどう思う？　ということにわたしは耳を傾けて、答える。「それはわたしに聞いちゃだめだよ」。わたしはあなたの恋愛相談なんか乗ってあげられないんだよ。あなたは自分のしあわせちゃんと考えないとだめだよ。客がほとんどいない店内で、迷惑かけてるってわかってても、おしゃべりが終わらなくて、酔いがまわりきるまで酒を飲んだ。このあたりから記憶が曖昧だ。

帰りがけ、改札前で彼がわたしに手を差し出した。握手を交わして、そのままわたしは彼にハグしていた。背中をたたいて、身を離す。彼が改札を通り、こちらに手を振る。エスカレーターを上がって、いつものようにもう一度こちらを見て、手を振る。最初に会ったときから、彼はいつもお互いの姿が見えなくなるまで、見送りあう人だった。今日も彼は彼だった。

高円寺駅から出る。しばらく歩くと、涙が流れた。あなたに恋をしていない、という気持ちはとても曖昧なものだと思う。わたしにとって、あなたは恋心を抱いてしまうような魅力的な人間であった。だから、その時点でわたしたちの関係はもう不可逆である。だとしても、いまわたしはあなたと友だちでいたいと思っているし、あなたはわたしを大事な友だちだといってくれている。わたしもあなたとこの先も友だちでいたいと思っている。あなたのこと、もう好きではないかもしれないと思ったとき「じゃあほんとの友だちになれる」と思った。わたしが恋心を抱いていた事実なんて、いつか笑い事になるといい。ただの友だちになれることのしあわせを感じている。これは強がりで、本音。自分の気持ちを自分で把握しきることもできない。気持ちは揺らぐ、まだら模様。突然「やっぱり友だちではいれない」と連絡をいれるかもしれない。なにも約束などはできない。だとしても、いまこうして、あなたへの気持ちを綴るとき、わたしはあなたと友だちでいたいと思う。そして、あなたにはしあわせでいてほしい。

あなたがしあわせでないならば、わたしはそれを許せないだろう。だからそれだけは覚えていてほしい。わたしはあなたのしあわせを願う。いまのわたしの涙も無駄になることなく、あなたはいちばんしあわせであってほしい。あなたのしあわせをあなたがちゃんと選んでね。わたしはそれだけを思うよ。この日記はあなたのためだけに書いた。あなたと初めて会った日と、あなたにふられた日のように。ずっとわたしの日記を読んでくれてありがとう。日記を書いてくれてありがとう。それだけは変わらない。だから安心してほしい。気が向いたらまた日記を書いたらいいよ。あなたの日記、好きだよ。

10/5㊌

以前書いた理由があって、日記ちゃんと会うことに少し後ろ向きではあったものの、やはり会ってみればこの女愉快この上ないので会話が弾む。まだたばこ吸うの？と聞いてしまうほど久しぶりだった。

僕に彼女ができそうだということを皮切りに、お互いがお互いに感じていることを解剖していく。夏の盆踊りで早めに解散したこと、フェスでばったり会ったときのチグハグな行動、好きでいてくれることに感じる罪悪感と友達でいたいというわがまま。日記ちゃんの周りではいけ好かない男として名が通ってるみたいだけどそれは当然だし、なんならこの際なので無恥の上塗りをさせてもらうと、日記ちゃんが僕に恋愛感情を抱かなくなってくれてホッとしている。何の疑念も抱かず、あなたとの友情を大切だと堂々と言いたい。あなたは僕のなりたかった人間だから。劣等感の重みで曲がりそうになった足腰を支えてくれたのは、あなたが教えてくれた日記だし、僕の書いた日記が好きといってくれたあなたの言葉だったから。

「日記を書いています、日記を送ってください」とだけ書く、日記ちゃんの得体の知れなさに惹かれLIKEした三月。そこから二ヶ月、送られてくる克明な生活と心情の記録をなぞりながら、僕は日記ちゃんに疑似的な恋をした。レモンケーキの作用によって初めて会えた日。それはイメージの世界に生きる日記ちゃんが死に、高円寺でパワフルに生きるあなたが生まれた日。だけどその日以降、僕の恋が疑似の範疇を出ることはなかった。「どう分岐してもあなたのことを好きになっていた」と言ってくれても、どんなに会話が軽妙に噛み合っても、それらがすべて救いになっていたのにも関わらず、両手を広げてあなたを受け入れることができなかった。伝えてくれる好意に対して、稚拙な方法で背を向けたことは本当にごめんなさい。そしてそんな僕との日々に整理をつけ、そこから面白さを見出してくれてありがとう。日記本に僕の日記を載せていいかという提案、とてもうれしかったです。

奇妙礼太郎が流れている中、シンパシーを確かめ合って乾杯をした。鈍い不器用な音がした。ここまでの奇譚を奇譚たらしめているものは、二人の不器用さかもしれない。決して器用ではないからこそ、丁寧な省察と表現。幸せに目を凝らしながら、日記を書くように生きて、その中でお互いの人生がまた交差できたら僕は幸せです。

彼のあとがき

「Tinderで日記を送りあうこと」

この本に時々登場する黒いページの日記は僕の書いたものでして、僕と言っても誰なんだという感じではありますが、この本の著者である日記ちゃんとTinderで知り合った男性でございます。

古めかしい価値観を持っている自分としては、他人がアプリで知り合ったとなると条件反射で眉をひそめてみせるわけですが、実際は自身も新たな出会いに前のめりにうつつを抜かしていた助兵衛なわけで。ただある程度出会いを重ねていくと、期待や意欲というものはすべて虚しさに収束していくのでした。まずチャットだけで信用を得なければいけない導入の部分でつまずき、たとえありがたいことにお会いできたとしても、にこにこと焼き鳥を食べている卓の上では品定めの目線が交錯していて、人と人が知り合う活劇には情緒が必要だろうがよう！と次第にTinderから距離を置き始めたわけです。

とはいっても自尊心はいつだって滑稽なので、自分についたLIKEを数えるためにアプリ自体は開いていたのですが、ある日「日記を送ってください。」とプロフィールに異色な提案を掲げた「日記」という人物を見つけます。日記を送ってくだ写真すら掲載しないその力強さと、日記を介した対話の美しさに惹かれてしまい、顔LIKEを送ったところあちらもLIKEを送ってくれていたのでマッチが成立しました。2022年3月4日(金)の出来事です。この日から僕は日記を書き始め、同時に奇譚の序章に足を踏み入れたわけです。

自分の日記を差し出し、彼女の日記を受け取る。自己で完結しようのないこの反復作業の中では、否が応でも彼女への意識が強くなります。生活の記録に留まらない彼女の日記には、日々の息遣いが表現に透けて見えるようで、他人の暮らしを鍵穴から覗いているような官能を体験しました。また自分の日記も同様の甘美さを備えているものでありたいと、記録や内省という日記の基本的な性質に加え、表現にも執着を持って記すことで彼女の歓心を買おうと試みたわけです。奇しくもそこで、表現へのこだわりが記録と内省を熟成させるという日記が持つ、一つの妙に触れたのですが。

リアルな接触がないまま、この馬鹿げた求愛行動が1か月ほど続いたある日、突然マッチが解除され、日記ちゃんとの繋がりが絶たれたことがあります。当時Tinderはそのような不具合の多いアプリだったので、再会を願い、それまでマッチした人たちを全て捨て、アプリを再インストールして、日記ちゃんを探し始めたのです。が、いかんせんここは大都会・東京、Tinderの人口も多いのです。彼女を追い求めてひたすらスワイプを続ける、電子の砂漠から砂金を拾うような途方もない作業は三日間にもおよび、途中タイプの女性とマッチしたりとかなんとかで一旦緊張の糸が切れかけたこともあったのですが、なんとか再び日記ちゃんとマッチすることができました。この本に登場する僕の日記は、再会を果たせた時期から始まります。それからの二人が辿る物語を気にしてもらいつつ、日記を通して他人と接続する行為を追体験していただければ幸いです。

あとがき

Tinderで日記を送りはじめたのは、ちょっとしたイタズラと復讐のつもりだった。Tinderをやっていると、男性からヤレるかヤレないか、そういう殺伐としたジャッジを常に向けられている気がして、そんな人ばかりではなかったけどそういう空気に心を消耗していた。それにもかかわらず、誰かに性的に求められることで、安易に安堵してしまう自分にも嫌気がさしていた。だから、それから逃れるゲームチェンジの手段として日記を送りはじめた。日記と称して、アプリ内では見たことないような長さのメッセージを送ると、相手はたいてい面食らったような反応をする。わたしはそれを見て、しめたとひとりほくそ笑んでいた。そうするうちに「ヤリモク」だと表明している人から「会わなくてもいいので、これからも日記を送ってください」と言われたり、「普段文章を書いたりしないんですけど」と言いながら日記を送り返してくれたり、Tinderで突如日記が送られてくるというゲリラな活動をおもしろがってくれる人があらわれた。わたしが送った日記にハートがついたスマホの画面を見るたびに、持て余していた自尊心は満たされるようになった。ヤレるヤれないの評価軸から脱したことで、これまでジャッジしてきた男たちに対して復讐できたような気がした。

それにドライなわたしには、マッチングアプリで繰り返される「あなたはどんな人ですか?」というコミュニケーションが重かった。年を聞いても、仕事を聞いても、趣味を聞いても、お互いを理解できるわけなんてないし、そんなことで人間関係がはじまるとは到底思えなかった。だから、好き勝手に綴った日記を読みあい、お互いを想像しあうコミュニケーションが心地よく、これならばどんな人とでもゆるやかに理解しあえると思った。友だちにも、恋人にもならなくても、一対一のつながりがそこにはあった。日記から漏れ出る相手の気配、それをお互いに感じとっていたからこそ、豊かなやりとりができたいくつもの夜を思い出す。

「日記」というアカウントをつくったときから考えると、ここまで想像しえなかった展開ばかりだった。Tinderで日記を交換していた人に恋をして、全くもって成就しなかったものの、こうしてわたしの片思いの一部始終を本にするなんて、思ってもみなかった。そして「これまでの二人の日記を残したい」というアホな提案におもしろいと言ってくれるような最高な友だちを得ることができたことが、もっとも想像できなかった、かけがえのない出来事のひとつだ。

Tinderで日記を送ることは、「日記を書く」という習慣を自分に課すことになった。そのおかげで自分自身の生活を顧みるようになった。すでにわたしの世界はわたしの好きなものばかりで構成されていたと気がついた。日記をつけることは、身のまわりの大切な人たちや物事、そして自分自身を愛する試みだった。いつも見ている景色のなかに美しい瞬間を見出したとき、それを日記に書き残したことで、ふとその瞬間を思い出すようになった。生活のなかにある小さな心の機微を記録することは、未来の自分の脳内に突然開くタイムカプセルを忍ばせることでもあった。

送られてきた日記を読んで、その相手がどんなにつらい思いをしていても、わたしはそれに干渉することはない。でも、わたしはその痛みを知っている。相手がうれしいときには、わたしはその喜びを知っている。日記を通して、だれかの生きる痕跡を知ることで、今日という同じ日を生きる同志がいるのだと、わたしは勇気づけられていた。わたしに送られたすべての日記にわたしは救われていたのだ。Tinderで日記を読んでくれた人、日記を送ってくれた人、そして、いまこれを読んでいるあなたにも、心からの感謝を込めて。

初出

ティンダー・レモンケーキ・エフェクト
自費出版、2022年12月

本書収録にあたり加筆修正しています

葉山莉子
はやま・りこ

1993年生まれ。東京生まれ東京育ち。2022年に『ティンダー・レモンケーキ・エフェクト』を発表し、ZINE制作を中心に執筆活動を開始。美術館によくいく。

ティンダー・レモンケーキ・エフェクト

2023年10月31日　初版発行

著　　　葉山莉子

装丁　　奥山太貴

発行人　宮川真紀

発行　　合同会社タバブックス

東京都世田谷区代田6-6-15-204　〒155-0033
tel：03-6796-2796　fax：03-6736-0689
mail：info@tababooks.com
URL：http://tababooks.com/

組版　　有限会社トム・プライズ

印刷製本　シナノ書籍印刷株式会社

ISBN978-4-907053-64-2　C0095